Antídoto

Drica Pinotti

Antídoto

Confissões de uma hipocondríaca apaixonada

Copyright © 2013 Drica Pinotti

Todos os direitos reservados. Nenhuma parte desta obra pode ser reproduzida ou transmitida por qualquer forma ou meio eletrônico ou mecânico, inclusive fotocópia, gravação ou sistema de armazenagem e recuperação de informação, sem a permissão escrita do editor.

Direção editorial
Jiro Takahashi

Editora
Luciana Paixão

Editora assistente
Anna Buarque

Assistência editorial
Roberta Bento

Preparação de texto
Bete Abreu

Revisão
Rinaldo Milesi
Rosa Maria G. Affonso

Produção de arte
Marcos Gubiotti

Imagem de capa: © Elina Manninen / Shutterstock

CIP-Brasil. Catalogação na fonte
Sindicato Nacional dos Editores de Livros, RJ

P725a   Pinotti, Drica, 1972-
            Antídoto: confissões de uma hipocondríaca apaixonada / Drica Pinotti. - Rio de Janeiro: Prumo, 2013.
            160 p.: 21 cm

            ISBN 978-85-7927-249-3

            1. Romance brasileiro. I. Título.

13-0176.   CDD: 869.93
                                                                              CDU: 821.134.3(81)-3

Direitos de edição: Editora Prumo Ltda.
Rua Júlio Diniz, 56 – 5º andar – São Paulo – SP – CEP: 04547-090
Tel.: (11) 3729-0244 – Fax: (11) 3045-4100
E-mail: contato@editoraprumo.com.br
Site: www.editoraprumo.com.br
facebook.com/editoraprumo | @editoraprumo

Dedico este livro a todos aqueles que acreditam em amor incondicional!

"A paixão é parecida com um vírus adormecido que jaz à espera, sempre pronto para atacar nosso enfraquecido sistema imunológico emocional."

Elizabeth Gilbert

1

Sei que é ridículo pensar que posso morrer de ataque cardíaco, aneurisma ou embolia pulmonar pelo menos três vezes por dia. Ter não apenas câncer de pulmão (mesmo sendo uma fumante passiva eventual), ou ter um câncer de cólon ou algum outro tipo comum de câncer de simples diagnóstico e com cura comprovada, mas também imaginar que se um dia eu tiver um câncer, será algo complexo, difícil de encontrar e impossível de curar. Horrível achar que se pode ser acometido a qualquer momento de algo que esperou a vida inteira para acontecer, pelo simples prazer de dizer a um médico que você estava certa. "Eu realmente tenho uma doença séria e agora poderei provar isso." *Eu poderia pensar.* Isso é como aquela velha piada sobre o homem que mandou escrever em seu túmulo: "Eu disse que estava doente!" – ninguém precisa me dizer que ele era como eu, uma pessoa que sabia que poderia morrer a qualquer momento e que não media esforços para provar sua teoria.

Sei que tudo isso é ridículo, acredite. Eu sei. Mas passei a minha vida toda pensando assim. E do mesmo jeito que é quase impossível para uma pessoa negativa ter um pensamento otimista no desfecho de qualquer situação, para mim é inconcebível aceitar o fato de que sou saudável. Antigamente eu achava que esse era meu charme, minha marca pessoal. "Alguém que consegue fazer graça e brincar com seus temores psicológicos mais profundos não pode ser uma pessoa tão miserável assim", eu pensava.

Eu fazia sucesso nas rodas de bate-papos com amigos, a empatia era imediata. Eu sempre tinha uma piadinha nova sobre o mais recente ataque, ou como deixei um médico constrangido ao confrontá-lo sobre as minhas doenças ilusórias. Essas histórias estavam na ponta da língua e, com isso, eu me tornava o centro das atenções rapidamente, em qualquer discussão em que entrasse. Mas a vida me mostrou por diversas vezes que minha doença não tem charme algum. Sofro de mais de mil doenças imaginárias e com a certeza (só minha certeza, quero dizer, particular e inaceitável) de que um dia vou morrer de uma doença fatal, que está escondida e incógnita dentro do meu organismo debilitado.

Loucura? Não. O nome disso é nosofobia. Um distúrbio muito grave, mais conhecido como hipocondria, que afeta 1,5% da população mundial. E eu sou parte integrante, "semiviva" (tentando bravamente me manter viva!) e ativa dessa estatística. Mas não estou sozinha. Assim como eu, Darwin, Boswell, Brontë, Florence Nightingale, Proust e muitos outros famosos e anônimos que sofriam ou sofrem das neuroses de uma mente doente. Aqui um parêntese para um agravante. Personalidades geniais podem ser as vítimas que mais sofrem com esse distúrbio. A razão é muito simples: quanto mais inteligente, mais conhecimento de doenças, diagnósticos e capacidade de pesquisa se tem, e isso, para uma paciente como eu, é nitroglicerina pura!

Enquanto a maioria das pessoas coloca em seus perfis nas redes sociais coisas como fotos felizes, momentos alegres com amigos, familiares e namorados, eu posto meu último ultrassom de bexiga, rezando para que algum médico, entre os muitos que não conheço, mas adicionei como amigo, veja e conclua que existe algo errado. Nos interesses você deve ter programas de tevê, livros favoritos e música. Eu tenho sites especializados em diagnóstico (o site *ABC da saúde* é meu melhor amigo e meu pior inimigo também), hospital favorito, campanhas de ajuda a crianças com doenças raras, livros de medicina e receitas de chás que curam desde uma simples dor de cabeça até uma estomatite.

A maioria das pessoas dá dicas de viagem ou de uma nova forma de dieta em suas páginas, coisas que presumem que podem ajudar os outros e render comentários divertidos. Eu dou receitas de como retirar pedras do rim com um método caseiro e com o mínimo de dor. Não pense que me orgulho disso. O fato de estar me abrindo com você não significa que estou tentando me fazer de vítima, não sou a vítima dessa história; entretanto, tampouco sou a vilã. A vilã é ela, a maldita ansiedade. Se você é viciada em endorfina, sorte a sua! A ansiedade é minha droga, e ela pode ser mais letal que o êxtase, o crack ou a cocaína. Ela me consome lentamente, leva embora os meus afetos, magoa as pessoas que amo, me deixa na companhia da solidão e transforma a minha vida em um total e ridículo circo de ilusões! Um inferno com porta de entrada, mas sem sinalização para a saída de emergência. Literalmente o caos!

Por tudo isso, decidi, depois da minha crise (hipotética) de cálculos biliares da quinta-feira passada, que seria mais honesta com os outros e comigo mesma: eu sou uma bomba atômica prestes a explodir!

Frequento as reuniões dos Hipocondríacos Anônimos (H.A.) há mais de um ano. Se está ajudando? Claro que sim! Há dois meses me convenci de que estava praticamente curada. Sei que – como um alcoólatra, um viciado em heroína, codeína, anfetamina ou qualquer outra "ína" viciante solta por aí – minha fobia também exige atenção constante. Nunca ficarei curada completamente, mas acreditei de verdade que a combinação amor (do meu namorado Brian), terapia (com o Dr. Dean), paciência (da minha querida mãe) e compaixão (dos amigos e da minha irmã Lauren) estivessem funcionando. Mas não está!

Fiz grandes avanços, admito. Passei um bom tempo evitando ler o obituário do *New York Times*, coisa que havia se tornado um hábito aos domingos de manhã, desde que vim morar em Nova York; isso para mim era como ler o horóscopo do dia para muitas pessoas. Criei minhas rotinas de autossobrevivência e proteção. Das 34 vezes que eu checava a minha pulsação, apenas para saber se eu ainda estava viva, passei a cinco checagens por dia! Quase inacreditável, eu sei. *Até cheguei a sorrir nessa hora.* Reduzi drasticamente minhas idas à farmácia e todas as vezes, quando precisava de alguma coisa, eu pedia ao meu namorado que fosse comprar para mim. Tudo para evitar o que costumo comparar a uma consumidora compulsiva solta em uma loja de sapatos com um cartão de crédito ilimitado para gastar!

Meu plano era simples: ir às reuniões dos Hipocondríacos Anônimos, não arrumar desculpas para faltar à terapia (o que para uma mente criativa como a minha é tarefa fácil), controlar a ansiedade com exercícios de ioga e sempre, sempre que eu sentisse que uma situação "gatilho" ocorreria, aquela que me levaria a uma crise de pânico e sucessivamente a minhas alucinações sintomáticas, eu pediria ajuda antes que o caos se instalasse em minha mente, eu ficasse cega pela minha desordem emocional e surtasse.

As coisas pareciam estar funcionando, pelo menos era disso que o Dr. Dean tentava me convencer. Ele estava muito empenhado em me tornar a sua mais bem-sucedida paciente, o que me deixava muito à vontade e ao mesmo tempo me dava forças para não desistir do tratamento.

Sempre pensei que meu único problema era a hipocondria em si, até que um dia descobri que nenhum hipocondríaco é apenas hipocondríaco; como você pode notar, na minha vida nada é tão simples assim, nada é apenas o que parece ser. O fato é que todo hipocondríaco sofre de algum outro distúrbio psicológico associado. Seja depressão, distúrbio alimentar, síndrome do pânico ou, no meu caso, transtorno obsessivo-compulsivo.

Venho negando essa realidade há anos, mesmo sabendo que não era normal verificar se o gás estava desligado umas cinco vezes antes de fechar a porta do apartamento. Outras "manias" que tenho (como contar os objetos que carrego nas mãos com medo de perder algo no caminho) serviram de base para que meu terapeuta chegasse a essa conclusão. Esse era o único diagnóstico que venho tentando evitar. Irônico, não?

– Bem-vindos a minha existência mortal! Ai – arfei no meio do corajoso discurso que estava fazendo na sede dos Hipocondríacos Anônimos para comemorar meu primeiro ano no grupo de ajuda –, eu tentei, juro que tentei! Eu só queria ser normal! Mas tenho de ser honesta com vocês. Não posso comemorar algo que dê a outras pessoas falsas esperanças. Eu não estou bem. Não quero medalha nenhuma, não quero receber a pílula de ouro por um ano longe dos consultórios médicos ou por estar longe da automedicação. Eu só quero ser feliz!

Foi quando as lágrimas começaram a rolar pelo meu rosto vermelho de constrangimento e eu gritei:

– MAS NÃO CONSIGO! – disse, desabando aos prantos.

2

Meses antes...

Eu admito que tenho uma tendência para o excesso ao avaliar situações. É aquele tal pessimismo hipocondríaco que não me deixa fazer avaliações razoáveis. Ainda bem que não sou analista de risco de nenhuma corretora de seguros, pois com certeza minha carreira não iria muito longe ou todas as pessoas seriam consideradas, por mim, homens-bomba em potencial.

Minha irmã Lauren sempre me diz que eu me apego muito (muito mesmo) a detalhes quase imperceptíveis a olhos normais (infelizmente tenho certeza de que não sofro de miopia) e os transformo em uma tragédia catastrófica. Então admito que sou emocionalmente instável e tenho imaginação fértil. Mas e daí? Isso não diminui a minha dor, diminui?

Só para você entender como essa questão é séria, vou contar da vez em que estava convencida de que uma espinha – daquelas grandes, amareladas, cheia de secreção... é nojento, eu sei, mas preciso contar – arruinaria com meus sonhos de uma vida longa.

Foi de repente, após uma noite de comemoração na casa do Mark, era aniversário dele, que é um dos meus melhores amigos. Champanhe, morango, muito chocolate Godiva e, no dia seguinte, uma intrusa apareceu em minha testa. Era enorme, não faço ideia de como se desenvolveu no espaço de apenas 12 horas sem que eu pudesse ter notado. Porém, quando abri os olhos pela manhã diante do espelho do banheiro, lá estava ela, reluzente, oleosa, avermelhada e enorme, sorrindo carinhosamente para mim.

Para uma pessoa comum (desde que não fosse uma adolescente histérica), isso poderia ser encarado como um ligeiro desapontamento, e para outras não teria a menor relevância (que inveja!). Ai, Deus! Como eu queria ser a pessoa da segunda opção. Mas não sou. Me convenci imediatamente de que havia algo estranho naquela espinha, algo diferente que eu não conseguia identificar, mas havia algo, disso eu tinha certeza.

Depois de ler uma obra literária científica sobre acne e as publicações médicas mais prestigiadas sobre o assunto, descobri que a acne é causada pelo aumento da produção do sebo e da ceratinização anormal do epitélio folicular, proliferação de *Propionibacterium acnes* e inflamação. Entenderam tudo? Não? Não se sintam péssimos por isso. Eu sou graduada em direito por uma das melhores faculdades do mundo, a Universidade de Yale, nos Estados Unidos, sou nosofóbica desde criancinha, totalmente acostumada a ler bula de remédio e termos médicos altamente técnicos, tenho livros de medicina empilhados ao lado da minha cama e espalhados pelo meu apartamento inteiro – e também não entendi absolutamente nada!

A parte da pesquisa mais esclarecedora dizia que as espinhas são coisas de adolescente (*ponto pra mim, eu não sou mais adolescente*). Tudo relativo aos hormônios em ebulição no período dos 10 aos 20 e poucos anos.

"Mas espera aí", pensei. "Se não estou com meus hormônios jorrando litros e nem tenho mais 20 e poucos anos, então o que eu tenho não é uma simples espinha! (*menos um ponto pra mim*). Sempre faço limpeza de pele, não tenho pele oleosa e raramente me acontece um episódio como esse!" (*menos cinco pontos para mim e alguns motivos para enlouquecer*).

Corri para o espelho com uma lente de aumento e passei a monitorar minha Dalila (tive de batizá-la, pois analisar alguém ou alguma coisa tão de perto exige certo grau de intimidade) de minuto a minuto. E ela não se comportava como uma espinha qualquer. Era volumosa e brilhante. Li certa vez que quando a espinha cresce e não é desobstruída para que a secreção saia, a massa impactada de ceratina se transforma em uma massa inflamatória, ou seja, um nódulo ou cisto! Nódulo? Cisto? Mas o outro nome disso não é câncer?

Deus salve a minha alma! Isso só pode ser um tumor maligno da glândula adrenal! Só pode ser!

"Preciso de um médico e preciso de um médico urgente", eu gritava em meus pensamentos. Eu estou sozinha! Como poderei passar por uma biópsia sozinha? Meu namorado está trabalhando na França, onde abrirá seu novo restaurante; minha mãe só pensa no novo namorado e está em uma cabana em algum lugar nos Alpes tomando chocolate quente, comendo fondue ou fazendo sexo. Fazendo SEXO! Eu não disse isso. Eu não pensei isso. Ai, acho que vou vomitar ou desmaiar ou os dois. De que adianta ter namorado se quando a gente precisa dele ele está na França trabalhando com uma arquiteta linda e mais equilibrada que você?

Não que o fato de ser mais equilibrada do que eu possa contar pontos para alguém, afinal de contas até o Ali, o cachorro pit bull do meu namorado, é mais equilibrado do que eu. Já falei dele? Ele foi o responsável pelo meu encontro com o Brian. Ele dilacerou a minha perna, tenho uma cicatriz enorme que é a prova do nosso amor. Meu e do cachorro? Não! Meu amor pelo Brian. Ali quase me matou, e foi assim que Brian se aproximou de mim. História trágica essa, não gosto nem de lembrar, mas foi graças a isso que eu tenho um namorado! Enfim, até o

Antídoto

Ali consegue ser mais equilibrado do que eu. Então não basta ser francesa, linda e equilibrada; ela precisa ter algum traço de loucura na sua personalidade. Pois só isso poderia explicar o fato de Brian me amar. Ele gosta de mulheres instáveis, só pode ser isso. O Brian pensa que não sei, mas tenho certeza de que o que ele realmente curte em mim é esse meu jeito "exótico" e inusitado de viver.

Mas voltando ao meu suposto câncer: fui a dois pronto-socorros, ambos lotados. Liguei para três dermatologistas da minha agenda, mas nenhum poderia me atender, então, como último e desesperado recurso, liguei para meu amigo Lian. Na verdade, ele é meu dentista, mas na falta de um médico, o que mais eu poderia fazer? Marcar uma consulta para daqui duas semanas? Eu poderia ter a minha testa consumida por um tumor em duas semanas! Alguns tumores ficam incubados por anos, mas depois que são descobertos, crescem e aniquilam os pacientes em algumas semanas. Eu precisava remover a Dalila agora mesmo, por mais apegada que eu já estivesse a ela.

Lian me atendeu assim que cheguei. A secretária do consultório disse que ele estava a minha espera e fui logo entrando na sala. Enquanto ele analisava cada centímetro da Dalila em completo silêncio, eu orava para que as notícias fossem as melhores (que o tumor era maligno, sim, mas que eu tinha muitas chances de me recuperar pela rapidez do diagnóstico).

Foi quando o silêncio se rompeu.

– Amanda, isso é apenas e tão somente uma espinha! Dessas que qualquer pessoa tem e passa! Fique calma, você está bem e ficará ainda melhor em três ou quatro dias. Apenas evite cutucar. Eu vou espremer, passar uma pomada anti-inflamatória e você ficará bem – ele finalizou, sorrindo.

Eu estou bem? Como? Apenas uma espinha? Mas e todos os indícios de um nódulo maligno adrenal? Será que posso confiar nele? Afinal de contas, ele nem é médico, né? É apenas um dentista metido, que gostaria de ser médico, mas não é! Acho melhor eu agradecer, pagar a consulta e correr para o pronto-socorro novamente; talvez eu tenha mais sorte dessa vez e possa ser examinada por um médico de verdade! Ou não? Seria melhor acreditar nele e me acalmar? Mil pensamentos se embaralhavam em minha mente. A maioria deles ambíguos e conflitantes, o que me deixava ainda mais aflita. Mas Lian percebeu rapidamente que havia algo mais e começou a me interrogar.

– Amanda, o que está acontecendo na sua vida? Você está bem? Tudo bem entre você e o Brian? E no trabalho? Alguma mudança repentina?

Havia. Na verdade, havia muita coisa me incomodando. Passei pelo menos seis meses vivendo um conto de fadas. Depois de muito tempo em busca de um relacionamento com um homem que me aceitasse e me ajudasse a controlar os meus nervos, finalmente Brian apareceu e ele era perfeito. Enquanto eu trabalhava na ONG "SALVE O MUNDO, PELO AMOR DE DEUS", me dedicando aos processos que a organização movia contra os predadores do mundo, Brian trabalhava em seu restaurante, o Le Antique, no Soho. Minha rotina não podia ser melhor. Éramos vizinhos, mas estávamos praticamente morando no mesmo apartamento. Eu acordava todos os dias nos braços dele. Eu o deixava dormindo em sua cama e ia para o meu apartamento na porta da frente. Tomava banho e me arrumava enquanto minha cafeteira italiana preparava meu café forte e encorpado. Saía de casa 15 minutos adiantada, passava na banca de jornal e comprava um exemplar do *New York Times*, algumas balas e seguia caminhando para o trabalho. Depois de mais um dia travando lutas judiciais ao lado do meu chefe e grande amigo Edward, para impedir que o mundo fosse depredado sem piedade, eu voltava para casa com a sensação do dever cumprido.

Quando eu chegava em casa, geralmente por volta das 17h30, o Brian não estava e cabia a mim a tarefa de levar o Ali

Antídoto

para passear. Oito quadras descendo para Downtown e oito subindo de volta para Uptown, formando um retângulo ao redor da Bloomingdale´s. Na volta eu sempre passava no Starbucks da Terceira Avenida com a Rua 61 para pegar um frappuccino e uma rosquinha caramelada.

O Brian chegava sempre entre 21h00 e 21h30 e trazia do restaurante o nosso jantar. Eu deixava a mesa posta e ficava assistindo a minhas séries favoritas enquanto eu e o Ali aguardávamos o Brian abrir a porta para nos jogarmos em cima dele. Eu estava realmente feliz. Feliz como jamais havia sido antes. Os finais de semana eram melhores ainda. No verão íamos à praia. No inverno esquiávamos em Vermont. Tédio é uma palavra inexistente no dicionário do Brian. Eu o seguia apaixonada e até esquecia dos meus problemas de saúde. Foi nessa época que cheguei a acreditar que estava curada. Mas de repente, sem aviso, as coisas começaram a mudar.

Primeiro foi o convite de Brian para que eu morasse em seu apartamento. Depois o início da realização de um sonho do meu namorado de abrir uma filial do seu restaurante em Paris. Com o início das obras, a presença de Brian na França se fez necessária, e ele viajava cada vez com mais frequência. A insegurança e a solidão foram invadindo pouco a pouco minha rotina e eu já não me sentia tão bem quanto antes. Passei a ter ataques novamente. No começo eram coisas bobas e sempre quando Brian estava em Paris.

Mas foi quando as coisas mudaram no escritório que fiquei fora de controle. Edward, meu chefe, foi promovido e as coisas lá na ONG estavam complicadas para mim. Fui subitamente tomada por uma ansiedade que não conseguia controlar. Trabalhei os últimos cinco anos com o Edward. Éramos grandes amigos e, apesar de todas as esquisitices de ambas as partes, nós nos dávamos muito bem. Formávamos uma grande dupla. E agora eu teria de me reportar a outro chefe e isso estava me deixando nervosa. Quem é essa pessoa? De onde vem? O que ela sabe sobre o meu trabalho? Qual será a sua formação? Como irá reagir a minhas excentricidades e a minha saúde frágil?

Mas isso não era assunto para ser discutido com meu dentista. Resolvi recuar. Aceitei o diagnóstico de acne com secreção de ceratina e fui para casa descansar. Antes de chegar em casa, passei na farmácia e comprei um kit completo para acne, daqueles dos comerciais que sempre têm como protagonistas duas adolescentes lindas que descobrem uma espinha minutos antes do baile da escola e que mesmo com a dita espinha na cara, são eleitas as rainhas e tudo acaba bem. Vou acreditar que isso acontecerá comigo também.

Não obstante ainda discordava que aquele caroço enorme, cheio de secreção amarelada bem no meio da minha testa não era um sinal de doença grave. Mas não posso dizer que não estava aliviada. Pelo menos, depois que descobri que não tinha um tumor maligno da adrenal, eu poderia me concentrar na congestão nasal que vinha me atormentando havia dias. Às vezes, os sintomas de um aparentemente inocente resfriado podem ter um diagnóstico imprevisível, como o de uma granulomatose de Wegener – uma doença muito grave, sem tratamento definido e com índice de mortalidade de 90%! Você sabe o que 90% significa? Que a morte por essa doença é certa! Ela é uma doença autoimune, que produz uma inflamação nos tecidos do corpo, chamada de granulomas. Esses granulomas destroem os vasos sanguíneos, impedindo que o sangue circule para os órgãos causando, assim, a necrose dos mesmos! Não lhe parece terrível? E sabe como tudo começa? Com uma simples e inocente sinusite!

Está vendo? Esse mundo é complexo demais para uma pessoa sensível como eu. A única coisa sobre a minha saúde da qual me orgulho é ter um coração forte. Claro que meu coração é forte! Sou nosofóbica e a nosofobia, acredite, não é para os que têm coração fraco!

Antídoto

No meio desse turbilhão de preocupações, uma pergunta insiste em cutucar meus pensamentos: o que Brian estará fazendo agora? Será que a tal arquiteta francesa é mesmo bonita?

3

Como eu disse antes, as coisas já não estavam muito bem. Meu namorado e eu estávamos morando juntos, coisa que sinceramente surpreendeu toda a minha família, até mesmo a mim. Nunca pensei – sério, jamais pensei – que um dia estaria vivendo com outra pessoa sob o mesmo teto, e principalmente uma que acordasse de bom humor todos os dias, cantarolando músicas de comerciais bregas que passam na tevê. Sei que é irritante, mas Brian é assim e, depois de certo tempo, a gente até que se acostuma com isso.

Brian é muito carinhoso, compreensivo, inteligente, sexy, bom amigo, companheiro e, além de tudo isso, extremamente bem-humorado. E o melhor de tudo: ele é meu namorado! Dá pra acreditar? Mas o bom humor dele chega a ser aterrorizante para uma pessoa como eu, preciso dizer. Porém, apesar desse defeitinho adorável, eu estava feliz. Feliz e amedrontada. Mas ainda assim feliz! Quem diria? Eu estava me recuperando, sentia-me de bem com a vida, apesar dos altos e baixos, mas principalmente me sentia bem com relação a minha saúde. Tinha feito as pazes com a normalidade e me sentia merecedora de bênçãos simples, como dormir dez horas seguidas e acordar sem nenhum pensamento nefasto, paranoico ou obsessivo que me levaria a uma morte súbita! Era um milagre.

Porém, algum anjinho lá do céu resolveu fazer uma piada comigo! E piada de humor negro! Daquelas de péssimo gosto. Essa é a única explicação que consigo encontrar. As coisas foram mudando gradativamente, bem devagar. Câmera lenta, coisa de torturador voyeur profissional. Se eu descobrir quem é esse anjo, juro que ele vai me pagar! Primeiro foram as cobranças e exigências no meu trabalho que cresciam em progressão geométrica. Quando não estou morrendo, correndo atrás de algum diagnóstico ou jurando para algum médico que estou morrendo, estou trabalhando junto a um grande grupo de ambientalistas tentando salvar o mundo. E sou muito boa no que faço. Aliás, se eu tivesse tempo de me preocupar com a saúde de mais alguém que não a minha, eu ficaria muito preocupada com a saúde do planeta, que anda muito doente, e isso não é minha imaginação hipocondríaca.

Eram tantos os processos e tantas as responsabilidades que Edward, meu chefe, colocou em minhas costas que me fizeram questionar se eu havia escolhido a profissão certa para mim. Ainda me questiono sobre isso; a essa altura, uma carreira na área médica não me parece algo tão ruim, afinal. Depois da promoção de Edward fiquei tão atolada de trabalho que as horas extras e a exaustão começaram a pesar. Enquanto meu estresse ia aumentando, eu sentia o afastamento quase proporcional de Brian. Ele estava sempre ocupado com a construção da filial do Le Antique em Paris e preocupado com as contas que galopavam muito acima do orçamento original. Claro que não o culpo e muito menos sou egoísta de não entender o significado desse passo na vida dele. O que me incomodava é que, quanto mais ele se dedicava a esse projeto, menos eu o via. Consequentemente, menos atenção eu recebia e mais ansiosa eu ficava. Quando as viagens a Paris, para acompanhar a reforma de perto, se tornaram semanais, passei a sentir os efeitos em meu corpo fragilizado.

No meu mundo, qualquer situação de mal-estar gera ansiedade, que resulta em sintomas que são claramente (para mim, pelo menos) sinal de ataque cardíaco, câncer, derrame, tumor cerebral, Alzheimer (sei que não tenho idade para isso, mas quem disse que idade é impedimento para minha imaginação?) ou coisa pior. Se é que dá para ser pior.

O último ataque foi às vésperas de uma dessas viagens de Brian. Eu estava tão incomodada que comecei a sentir um formigamento na ponta dos dedos. Isso começou a acontecer enquanto eu digitava uma petição naquele mesmo dia, à tarde, no escritório. Mas foi à noite, durante o jantar com ele, que as coisas ficaram realmente ruins. Deixei o garfo cair de repente e senti meus dedos endurecerem. Brian identificou o pânico em meu rosto e imediatamente tentou me acalmar. Mas acalmar como? Ele cruzaria o oceano em menos de 12 horas e me deixaria para trás com um episódio de AVC! Diante desse panorama eu me sentia pior a cada segundo.

Pulei da cadeira e fui da mesa de jantar para a escrivaninha, onde meu computador estava a minha espera. Como não sou novata, tenho todos os meus sites favoritos de ciberdiagnóstico cadastrados entre os meus favoritos. Abri a pasta e fui direto ao *WebDoctors* o mais rápido quanto foi possível, em razão das condições e do formigamento que ia aumentando. Agora a sensação já atingia toda a palma da minha mão. Digitei as palavras mágicas e imediatamente minhas pupilas dilatadas percorreram o diagnóstico de uma das doenças apresentadas: síndrome de Raynaud. É como eu sempre digo: a ignorância é uma bênção! Quem tem não faz ideia do que é. Eu, como não desfruto dessa maravilha, fico aqui sofrendo. Tudo por conta dessa minha cabeça brilhante, cheia de ideias e de raciocínio rápido. É da minha esperteza que advém a maior parte dos meus problemas. Fico pensando por que não usei minha mente genial para algo produtivo! Por que não me formei em matemática? Eu poderia ter ganhado um Prêmio Nobel! Mas não! Em vez disso, usei toda a minha inteligência para me tornar uma porra de uma hipocondríaca! E foi lendo freneticamente páginas e páginas digitais sobre o assunto que tive a certeza, mas adoraria não ter tido, de que eu estava sofrendo mesmo dessa síndrome funcional que surge em pacientes com hipersensibilidade ao frio (todo mundo sabe que odeio o ar-condicionado do escritório!) ou com estresse emocional! E eu sofro dos dois! Não disse? Essa é a descrição perfeita de mim mesma! Minhas mãos vivem geladas. Outro dia a Sarah, minha assistente, me acusou de ser uma vampira disfarçada de benfeitora do meio ambiente. Segundo ela, minhas mãos estão sempre frias e isso não é normal. (Alguém deveria avisar a Sarah para tomar cuidado com as observações a meu respeito.) Claro que não é normal, nesse ponto concordo com ela. Minhas mãos estão sempre geladas porque eu tenho a síndrome de Raynaud! Faz todo sentido, não faz? Pois pra mim faz, e isso basta.

– Brian, preciso ir ao hospital, é urgente! – Eu estava em pânico total.

– Não, você não precisa! – ele disse friamente.

– Não preciso? Como assim, não preciso? Eu preciso, sim, ir ao hospital e vou, com você ou sem você! – E fui buscar o meu casaco.

– Amanda, qual é o seu problema agora? – ele disse visivelmente sem paciência.

– Estou sentindo um formigamento nas mãos desde hoje à tarde, sabe? Acessei o Google e dei uma busca nos sintomas. Cheguei também no *ABC da saúde*, no *DoctorNow* e no *WebDoctors*, e adivinha?... – fiz uma pausa dramática.

Ele me olhou com impaciência, então resolvi não me estender na explicação.

Falei hesitante:

– Eu... eu acho que tenho a síndrome de Raynaud e preciso ver um médico agora. Por favor, acredite em mim, eu realmente não me sinto bem. – *Nesse momento eu estava quase chorando.*

Me senti ridícula e burra. Que tipo de pessoa arma um circo desse poucas horas antes de o namorado mais carinhoso e amoroso do mundo viajar para o outro lado do planeta por uma semana para se encontrar com uma arquiteta francesa e gostosa? Eu respondo, essa é fácil: o tipo hipocondríaco!

– Amanda, vou perguntar novamente. O que está acontecendo?

– Eu já disse. Estou me sentindo muito mal.

– Essa história não me interessa. Eu quero saber a real aflição. O que está acontecendo com você? Você não está feliz? Está preocupada com alguma coisa? Com medo, talvez? Me diz a verdade e talvez eu possa ajudá-la.

Me esquivei. Não conseguia me controlar. Além disso, o que eu iria dizer? Que estava tudo bem demais e que eu morria de medo de que a felicidade que eu nunca havia experimentado antes pudesse ser tirada de mim com um golpe rápido e certeiro? Tudo aquilo parecia loucura demais. Invenção do meu cérebro que vivia me pregando peças! Mas o fato é que eu estava muito feliz. E a ideia de que aquele momento poderia acabar era dura demais, difícil demais para admitir. Mas era real. Brian e eu praticamente não nos víamos mais durante a semana. Nos finais de semana, ele tentava compensar a ausência no restaurante, trabalhando loucamente. E eu? E o Ali? Ele fazia questão de afirmar que era só uma fase, que assim que inaugurasse o outro restaurante tudo ficaria bem e voltaria a ser como antes. Mas obviamente minha mente não acreditava nisso.

– Vou ao hospital, você vem comigo ou não? – intimei-o.

Antídoto

– Você não vai ao hospital. Isso não é nada e você sabe disso! – ele insistia.

As palavras dele me deixaram furiosa. *Nada*? Como assim? Como ele poderia dizer que a minha sincera preocupação com a minha saúde não era nada? Admito que sou hipocondríaca e não sou uma pessoa fácil de se ter por perto. Mas a boa notícia é que as pessoas hipocondríacas são muito mais saudáveis que as outras. Sei que é uma contradição, mas é assim que funciona. O simples fato de não aceitarmos respostas simples aos nossos problemas é o que nos mantêm vivos, entende?

Eu nunca vou aceitar algo como "você não tem nada". Como ele pode saber? Ele é administrador de restaurantes – e dos melhores, admito. Pode entender tudo de comida, decoração de ambiente e até de como fazer os clientes se sentirem em casa, mas o que ele entende de doenças, pelo amor de Deus?

Como é possível eu admitir que não tenho nada? Minha formação é em direito, não em enfermagem ou medicina; no final das contas, nem eu mesma posso saber. Você chamaria o massagista para consertar sua máquina de lavar? Você acha que o açougueiro pode engessar uma fratura exposta porque ele trabalha com osso e vê sangue o dia inteiro? Então me diz que lógica é essa? Por que eu tenho de acreditar que uma pontada no peito é nada apenas porque meu namorado dono de restaurante acha isso? Que um caroço no meu pescoço não é nada porque minha mãe diz que não é? Que a hiperventilação que senti anteontem não era nada porque a Julia riu de mim quando contei o que estava sentindo? Isso tudo não faz sentido algum!

Passei mais de dez minutos citando indícios que pudessem levá-lo a crer que era realmente impossível para eu chegar, sozinha, à conclusão de que não tinha nada. Funcionou? Não.

Passamos quase três horas na emergência do Hospital Lenux. No final, o diagnóstico: compressão do nervo do pulso, muito comum entre pessoas que trabalham com digitação, pianistas ou britadores. Eu digito petições o dia todo, isso diz alguma coisa?

Voltei para casa arrasada. Não apenas pelo meu equivocado diagnóstico, mas pelo silêncio fúnebre que vinha dos pensamentos do Brian. Ele estava reavaliando as coisas, eu sei que estava. Tenho certeza de que naquele momento ele pôde perceber o que significa ter uma mulher que sofre de um transtorno psicológico como o meu.

4

Às vezes, a gente pensa que as coisas não poderiam piorar. Daí você acorda em uma manhã chuvosa de sábado (por que sempre começa a chover aos sábados?) e constata que as coisas poderiam, sim, ficar ainda piores. Elas poderiam e ficam MUITO piores.

Como a pessoa perturbada que sou, além de todos os meus problemas de saúde, também não me considero uma pessoa de muita sorte e sou incapaz de ter pensamentos otimistas. Seja pelo motivo que for, minha mente não se deixa iludir e sempre que uma situação de crise se instala, meu organismo, assim como minha autodefesa, vai logo se preparando para o pior.

Foi assim que me senti quando acordei e me deparei com o bilhete do Brian. Ele havia saído muito cedo para o aeroporto e, com a desculpa de não atrapalhar meu sono (eu sabia que a verdade era que ele ainda estava chateado por ter perdido horas de descanso preciosas comigo no hospital, na noite anterior), apenas deixou um bilhete de despedida. No momento em que meus olhos encontraram a cartinha, meu coração entrou em alerta: aquilo não era uma carta de amor.

– Lauren, ele vai terminar comigo! – eu disse assim que cheguei ao restaurante.
– Amanda, calma! Ele disse isso? Se ele não disse é porque ele não vai terminar. Homens não terminam relacionamentos assim.
– Dizer ele não disse, mas...
– Mas o quê? Você poderia ser mais clara? O que aconteceu? Vocês brigaram? Ou essa é mais uma das suas loucuras, Amanda? Olha só, não tenho tempo para isso! Eu deixei minha filha com uma babá de 15 anos, que usa roupa preta e tem três piercings, só porque você disse que era urgente! Mas ela pode estar neste momento levando a minha filha com ela para comprar maconha em alguma esquina da cidade. Então vamos lá, diga o que aconteceu e como posso ajudar você – ela dizia enquanto uma garota magricela nos levava até uma das mesas do restaurante Beyoglu, na calçada da Rua 81 com a Terceira Avenida, no Upper East Side.
– Ele não disse, mas escreveu. Leia você mesma! – estirei o braço e entreguei a ela o papel onde Brian havia escrito:
"Sei que prometi fazê-la feliz e tenho me esforçado ao máximo para isso. Sei da sua necessidade de atenção e que seus ataques de pânico estão além da sua compreensão e do seu controle. Eu certamente não sou e nem pretendo ser um especialista em saúde, mas prometi ajudá-la e estou tentando cumprir. Eu prometi não julgá-la, nem chamá-la de lunática, mas o fato é que seu comportamento tem me deixado muito preocupado e pensativo sobre sua real capacidade de cuidar de si mesma. E mais: tenho pensado se eu sou capaz de dar a você o que você precisa. Eu gostaria de estar por perto para protegê-la sempre que você precisar, mas a vida real não é assim. Nós fazemos escolhas, precisamos assumir compromissos e quitá-los. Paris é muito importante para mim e espero que você entenda isso. Você me fez promessas também e não tenho sentido sua sinceridade com relação a elas. Você disse que seria honesta comigo sobre as suas aflições e que me deixaria entrar no seu mundo para tentar ajudá-la. Mas tenho ressalvas sobre isso. Pense a respeito e vamos conversar quando eu voltar. Prometo não chamá-la de

louca e espero poder ajudá-la a colocar tudo em uma boa perspectiva. Eu te amo muito. Brian".

– Uuuuhhhh!

– Uuuhhh, o quê? Você também acha, não acha? Acha que ele vai me deixar? Ai, meu Deus! Estou passando mal! Acho que é hiperventilação. Minha pressão está caindo, minhas mãos estão geladas...

– Amanda, chega! Pare com isso já! Você tomou café?

– Não!

– Aposto que não comeu nada o dia todo! Então o seu "suposto ataque cardíaco" é apenas uma baixa de glicose! Vamos pedir algo para você comer – disse ela, chamando a garçonete.

– Como você sabe? Como pode ter certeza?

– Eu sei. Simplesmente sei. Sou mãe e mães sabem de tudo um pouco. A gente fica perita em muitas coisas, e ao mesmo tempo é perita em coisa alguma. Simples assim. Vamos pedir a comida e discutir essa carta do Brian. Eu prometo que se você não se sentir melhor, eu vou com você ao médico. Isso se aquela adolescente maluca não vender a minha filha e usar o dinheiro para comprar drogas antes de nós terminarmos o almoço. Mas me conta o que aconteceu ontem à noite. Por que ele não se despediu e preferiu deixar um bilhete?

Fizemos o pedido, a comida chegou rapidamente e estava deliciosa. Enquanto comíamos, eu fazia um relato detalhado de tudo que acontecera na noite anterior. Ela não demonstrava, mas sei que acompanhava com horror cada detalhe. Lauren é minha irmã mais nova, porém muito mais experiente nos assuntos do coração. Ela é casada com o Eric há mais de cinco anos e é mãe de Sophia, minha sobrinha linda e querida. Lauren, como uma boa irmã, sempre tenta me entender e não me julgar, mas venho sofrendo dessa doença há tantos anos que ninguém consegue mais ter paciência ou sentir compaixão por mim. Acho que eu também não teria, se tivesse uma amiga ou uma irmã como eu.

— E ele tem razão? — ela perguntou de repente.

— Sobre o quê?

— Você está escondendo algo dele? Por que você se sente assim? Ele já deu tantas provas de que te ama! Até consegue morar junto com você! O cara é um achado! Bonito, inteligente, tem boa família, é trabalhador e bem-intencionado e ainda aguenta os seus chiliques. Esse é um exemplar precioso! — ela disse, rindo.

— Hahaha! Muito engraçado! Eu não sei... mas... sei lá... desde que essas viagens para Paris tornaram-se constantes... eu...

— Você o quê? Conta logo! Sou sua irmã mais nova, mas entendo muito mais de relacionamentos e já sou casada há cinco anos! Sou Ph.D. em desculpas masculinas. O Eric andou dando umas escorregadas comigo. Contratou uma secretária linda, novinha, recém-formada e cheia de ambição. Conhece o tipo? — ela fez uma pausa dramática.

E continuou:

— Pois é... acabei com a festa dele em dois segundos. Eu o fiz transferir a bonequinha para a filial do outro lado da cidade e contratar uma senhora distinta para a vaga. Comigo não! Ele não vai brincar com os meus sentimentos, eu sou a mãe da filha dele e... Ai, desculpa, querida, estou falando demais! Não quero deixar você mais nervosa. Mas o Brian anda aprontando? Você está desconfiada de alguma coisa? Sempre o achei tão certinho! Certinho até demais...

— Não. Acho que é só coisa da minha cabeça — falei hesitante.

— Amanda, tirando as coisas de trabalho, quase tudo que vai dentro da sua cabeça é imaginação pura, delírio e doenças hipotéticas.

Depois dessa até eu ri. Como contar para a minha irmã as minhas suspeitas? Se como ela mesma disse o que não me falta é imaginação para tragédia? Se eu fosse compositora, com certeza só escreveria tango.

– Tem uma arquiteta. O nome dela é Anabelle. Ela é francesa, liga para ele tarde da noite. Ele vive elogiando o trabalho dela e dizendo como ela é inteligente, esperta, bem-sucedida. E eu fico... sei lá...

– Ah! É isso! Mas Amanda, esse é o trabalho dele. A mulher ganha uma fortuna para deixar o restaurante do jeito que ele quer; claro que ela tem de ligar para ele a qualquer momento. Além disso, não se esqueça da questão do fuso horário.

– Eu sei, mas... estou insegura. E se ele olhar para ela de um jeito diferente... e perceber...

– Perceber o quê?

– Perceber que ela é linda. Que é bem-sucedida, que tem bom papo e sobretudo... que ele poderia ter uma vida normal ao lado de alguém como Anabelle. Pronto, falei!

Às vezes, é muito difícil confessar pensamentos que tentamos esconder de nós mesmos. Era exatamente assim que eu me sentia. Durante semanas venho fazendo uma força enorme para afastar esse tipo de pensamento, pois isso vai muito além da minha baixa autoestima ou das minhas neuras. É pior. É como se eu jogasse para cima de Brian suspeitas sobre o caráter dele, que sinceramente eu acho que ele não merece. Mas como em quase tudo, minha cabeça não obedece aos meus comandos de "esqueça isso, Brian ama você e seria incapaz de magoá-la". Será?

– Você também é linda, inteligente, bem-sucedida e... essa questão da normalidade é mesmo importante? Quem é realmente normal nesse mundo, querida?

Nós duas rimos.

– Meu amor, você também é linda e bem-sucedida. É divertida, tem senso de humor, tem muito amigos que a amam e ele é louco por você, por todas essas coisas e outras mais que sei que você apenas consegue mostrar para ele. E essas coisas é que fazem de você uma pessoa especial, mesmo com todos os problemas.

– Não tanto quanto ela...

— Como você sabe? As francesas são tão magras! E as pernas... elas têm pernas finas demais! – ela disse, revirando os olhos.

— Eu vi. Ela é linda. Acredite, ela é maravilhosa.

— Viu? Viu como? Ela já esteve em Nova York? Você já se encontrou com ela?

— Lauren, você pensa que eu uso o Google apenas para autodiagnóstico? Eu vi o portfólio dela e tinha uma foto onde ela estava incrível. Isso me deixou mais intrigada e comecei a aprofundar as pesquisas. Descobri que ela recebeu vários prêmios pela Europa. Tem um currículo de dar inveja para uma mulher tão jovem. E ainda por cima é linda de doer – arfei.

— Amanda, todo mundo sabe que essas fotos de divulgação são as melhores que a pessoa já tirou na vida! Pare com essa bobagem. Você está se torturando à toa. Na internet, a vida de todo mundo parece um conto de fadas.

— Mas o Brian confirmou. Um dia eu perguntei se ela era bonita. Ele nem percebeu que eu estava preocupada e disse que sim, que ela é muito bonita.

— Está vendo? Mais um motivo para não se preocupar. Ele nem ficou nervoso e disse a verdade. Acho que ele não está nem aí para a beleza dela – Lauren dizia claramente, tentando me acalmar. – Amanda, não se preocupe com isso. Se essa situação realmente está incomodando você, converse com ele antes que isso tome uma proporção desnecessária. Tenho certeza de que ele vai saber te tranquilizar.

— É. Talvez você esteja certa.

Mas uma ruga de preocupação já havia se instalado no meu semblante.

— Eu sei que estou certa. Eu sou mãe, as mães estão sempre certas! Esqueceu? – ela riu e continuou: – E por falar em mãe... nós precisamos conversar sobre a nossa! – sorriu e deu mais uma garfada no tabule em seu prato.

5

— A mamãe vai se casar! Não é maravilhoso? — ela disse eufórica e me pegando completamente de surpresa.

Desde que minha mãe e o Dr. White, meu ex-médico e atual namorado dela, voltaram dos Alpes há duas semanas, nós ainda não nos encontramos. E pelo tom de Lauren ao dizer "nós precisamos conversar sobre a nossa mãe", eu sabia que coisa boa não poderia ser. Senti um tremor subir pelo meu corpo e tive muito medo de perguntar sobre o que nós tínhamos necessidade de conversar.

Mamãe está saudável, sua vida financeira é confortável e, até onde iam meus conhecimentos, ela estava muito feliz em seu relacionamento com o tal Dr. White. Sei que pode parecer que eu não gosto do namorado da minha mãe, mas não se trata disso. Acho ótimo ela ter alguém para passar o tempo, viajar, conversar e conviver socialmente.

Logo depois que meu pai morreu, ela entrou em um módulo de alienação emocional e parecia que havia esquecido da sua parte mulher. Era apenas mãe e bibliotecária todos os dias, sete dias por semana. Nunca percebi que ela sentia falta de um homem ao seu lado. Olhando por esse lado, acho ótimo ela ter encontrado alguém a essa altura e ainda sentir-se disposta a investir em uma relação. Mas o que me incomoda foi ela ter encontrado esse homem em uma das consultas médicas em que ela me acompanhava. Em vez de dar atenção aos meus problemas de saúde, o Dr. White passou o tempo todo me chamando de lunática hipocondríaca e flertando com minha mãe! Isso eu nunca vou esquecer! Eu estava morrendo e ele só pensava em paquerar minha mãe. É muita insensibilidade, você não acha?

Depois que esse namoro começou, as coisas ficaram ainda mais complicadas para mim. Minha mãe, que antes me dava toda a atenção e procurava acompanhar de perto minha saúde, agora só tinha olhos para ele. Viagens ao Caribe, jantares com outros casais de amigos, cruzeiro pela Patagônia e todos os programas melosos que os casais da terceira idade adoram fazer! Mas e quanto a mim? Eu podia ter uma febre de 42 graus que ela nem ligava! Eu podia deixar recado tarde da noite na secretária eletrônica da casa dela dizendo que estava morrendo ou internada em algum pronto-socorro da cidade que ela só me retornava no dia seguinte. Dá para acreditar? Uma mãe que troca uma filha doente por um velhote calvo e sem nenhum charme?! Aliás, nem sei o que minha mãe viu nele, sinceramente. E agora lá vem a Lauren me dizer que eles pretendem se casar! Casar pra quê? Eles nem mesmo podem ter filhos. Por que não continuam simplesmente namorando? Assim é melhor pra todo mundo!

– Ma-ra-vi-lho-so – repeti lentamente, tentando digerir a informação.

Maravilhoso? É, é maravilhoso, sim! Eu só queria que alguém me explicasse quando foi que a Lauren sofreu uma lobotomia e eu nem fiquei sabendo. Claro que o cérebro dela não pode estar funcionando direito. Como uma filha pode ficar feliz vendo a mãe idosa casando-se com um completo idiota desconhecido?

E ainda por cima, sabendo que ele é o médico monstro torturador da outra filha? Não deveríamos ter mais cautela sobre o assunto? Talvez investigar o passado dele ou coisa assim? Ele pode ser o Jack, o Estripador, não pode? Claro que pode, ele é médico! Está bem, sei que a linha do tempo não permitiria isso. Mas estou histérica, não me culpe por tentar encontrar um bom motivo para impedir esse casamento!

A única coisa que sei é que a novidade caiu como uma bomba no estômago sensível e, ao final do meu almoço com Lauren, eu só queria ir para casa, tomar chá de boldo, me enrolar nos edredons e assistir à reprise de *Sex in the City*.

Fiquei completamente desorientada. Eu não sabia direito o que fazer. Entrar na primeira farmácia que eu encontrasse e comprar antiácidos parecia a ideia mais razoável. Mas contive o impulso, pois senti que tinha algo mais urgente e que estava me consumindo mais que os ácidos borbulhantes em meu estômago. Eu precisava tirar a limpo essa história de casamento.

Sai do restaurante e entrei em um táxi rumo ao apartamento da minha mãe no Upper West Side, do outro lado da cidade. Durante o trajeto fiquei calada, mal respondi ao motorista quando ele me perguntou se o ar-condicionado estava incomodando. Apenas fiz um aceno confuso com a cabeça, que não indicava nem que sim e nem que não, mas ele encarou como um sim e desligou o ar.

Muitas coisas assombravam minha mente. As perguntas vinham em blocos. Por que minha mãe não quis me comunicar sobre o casamento pessoalmente? Por que delegara a tarefa para Lauren? Essa não é a primeira vez que ela faz isso. Lembro-me como se fosse hoje a maneira como descobri que minha mãe estava namorando o Dr. White. Foi na festa de celebração da promoção do meu cunhado Eric. Estávamos reunidos na casa da Lauren, todos os convidados já estavam lá, com exceção da minha mãe. Foi quando ela chegou acompanhada do meu médico (e eu nem estava doente naquele dia) que entendi tudo.

Antídoto

Minha cara de surpresa quando mamãe apareceu na porta de braços dados com o Dr. White foi patética. Os dois estavam namorando há mais de dois meses! Lauren já sabia, Eric sabia, Julia e Mark também. Até minha sobrinha Sophia, de 5 anos, também sabia. Mas eu fui a última a saber. Na época, mamãe me disse que tinha ficado receosa com a minha reação. Não posso dizer que já a perdoei por isso. Ela não podia ter me tratado como uma adolescente rebelde que não consegue entender uma situação como essa.

Claro que quase tive um colapso quando vi os dois entrarem de mãos dadas no apartamento da Lauren. Foi o choque ou a surpresa. Sei lá. Fiquei apavorada ao ver meu médico e minha mãe juntos, cuidando um do outro, quando o correto seria ela cuidar de mim e ele se preocupar com minha saúde e não em beijar a minha mãe! Infantil? Eu? Você não pensaria assim se fosse com a sua mãe e o seu médico.

Menos de 15 minutos depois de entrar no táxi eu já estava na calçada do prédio. O porteiro me deixou subir sem interfonar, mas antes eu me certifiquei de que ela estaria sozinha. Pouco antes de apertar a campainha eu nem sabia o que exatamente estava fazendo ali. Queria cobrar explicações, queria gritar com ela, queria brigar. Mas mesmo eu sendo louca (pois não se iludam comigo, eu sei que sou louca), eu sabia que não tinha nenhuma razão plausível para estar tão contrariada. Minha mãe é viúva há mais de 16 anos e, pelo que eu sei, o Dr. White é divorciado há mais de 8 anos. "Então qual é o problema?", eu me perguntava. Mas a resposta não era algo simples de admitir.

Como já confessei anteriormente, desde criança sempre fui obsessiva. Aos 5 anos eu jurava que seria sequestrada. Enquanto meus amigos estavam preocupados em serem filhos adotivos (quanto a isso nunca tive dúvidas, a certeza absoluta reinava em minha alma), eu pensava que sairia de casa um dia para ir à escola e nunca mais voltaria.

Mas foi mais ou menos aos 10 anos, quando meu pai foi diagnosticado com câncer no cérebro (essa não foi a primeira vez que tive contato com uma doença terminal, mas foi a primeira vez que acompanhei bem de perto), que tiveram início os ataques iniciais. Coisa de criança, apenas para chamar atenção, argumentava a psicóloga da escola, mas minha mãe sabia que não. Porém, foi depois da primeira cirurgia do meu pai para a retirada do tumor que me lembro de ter tomado conhecimento do meu próprio problema.

Com apenas 10 anos de idade, eu não chorava. Achava que minha mãe já tinha problemas demais para me ver chorando. Eu queria era resolver o problema. Passava horas intermináveis no hospital. Conversava com médicos, enfermeiras, auxiliares e com o pessoal que trabalhava no laboratório. Todos tinham pena de mim e achavam que eu era muito especial por tentar ajudar a encontrar a cura para a doença do meu pai. Sempre interessada em cada detalhe, pesquisava nos livros da biblioteca da escola todos os detalhes da doença para poder questionar os médicos e salvar a vida do meu pai. Eu era incansável, estudando dia e noite sobre tumores cerebrais. Sei que pode parecer macabro, mas cada um lida de uma maneira com a sua dor. Fiquei familiarizada não apenas com o diagnóstico, os sintomas, os resultados de exames, mas também com os novos métodos de tratamento e remédios. Agarrava-me a cada sinal, por mínimo que fosse, que pudesse me dar a esperança de trazer meu pai curado para casa. Mas quando as coisas não iam bem e ele piorava, era eu quem começava a sentir tonturas e fortes dores de cabeça.

Durante muito tempo esse foi meu escape, minha fuga. Construir minha própria doença me ajudava a fugir da doença do meu pai. Minha mãe, mais uma vez, se dividia em cuidados, entre mim e meu pai, e negligenciava Lauren. Ela nunca reclamou, faz parte da alma generosa dela. Mas sei que não foi fácil. Esse é outro ponto que me consome: atrapalhei a infância da minha irmã mais nova. Talvez até por isso as duas estejam mais próximas hoje. Ela teve uma adolescência normal. Foi líder de torcida no segundo grau, fez a linha garota festeira na faculdade, casou cedo (com um homem incrível, diga-se de passagem) e pouco tempo depois já estava embalando a pequena Sophia em seus braços. Ela sempre soube que era isso que queria. Aceitou-se como boa mãe e dona de casa e aparentemente é muito feliz assim. Outra coisa que admiro na minha irmãzinha: ela aceita a vida como a vida é. Depois do nascimento de Sophia, apareceu entre minha mãe e Lauren esse laço de cumplicidade. Talvez a maternidade favoreça esse "pacto" entre mães e filhas. Não sei dizer.

Comigo as coisas eram bem diferentes. Minha mãe teve de encontrar maneiras de lidar com meus ataques e caos psicológicos. Depois que meu pai sucumbiu à doença e faleceu, fui convencida de que uma doença terminal poderia atingir qualquer pessoa. Abracei essa ideia e comecei a desenvolver outro tipo de comportamento estranho. Passei a manipular os fatos para conseguir privilégios. De repente, magicamente eu me via sendo dispensada de tarefas e atribuições na escola e na comunidade. Motivo? Minha saúde frágil. Minha vida se tornara mais fácil e eu usava, cada vez com mais frequência, minhas doenças e meu histórico familiar para me livrar de toda e qualquer tarefa que não me agradasse. Passei a ser uma pessoa manipuladora. Não acredito que eu seja uma pessoa ruim por causa disso. Eu não fazia de propósito. Não era uma menina malvada usando a doença do próprio pai e a fraqueza dos outros para conseguir benefícios. Não era de maneira consciente. Eu também estava sofrendo. Não conseguia me concentrar nas coisas que deveria fazer. Foi o momento mais doloroso da minha vida e não tive suporte emocional. Não consegui digerir o impacto da notícia, o tratamento e a perda. Não consegui assimilar a morte do meu pai e seguir com a vida. E foi aí que minha mãe foi fisgada por um profundo sentimento de culpa.

Pensei muito antes de desistir de tocar a campainha. Minha mãe tinha o direito de seguir com a própria vida. Afinal, as coisas não tinham sido fáceis para ela. Perder o pai nos seus braços, pouco tempo depois ver o marido definhar por causa de uma doença terrível, ter uma filha hipocondríaca e sustentar sozinha duas meninas pequenas. Tudo aquilo tinha sido demais para ela, que heroicamente sobreviveu a tudo e nunca se queixara.

Os cinco minutos de reflexão que tive junto àquela porta foram os mais acertados da minha vida. Que direito eu tinha, afinal, de cobrar algo daquela mulher além do fato de que fosse feliz? Tudo o que eu mais queria era ter a coragem que ela estava demonstrando para se atirar em uma relação, aceitar o amor e tentar ser feliz na normalidade do possível.

Constatei meu egoísmo e me odiei por um instante. Apertei o botão do elevador e, enquanto esperava, vi o reflexo do meu rosto no batente de alumínio. Eu estava deplorável. O cabelo estava brilhoso e escovado, lindo. Mas isso não contava. Roupas de grife perfeitamente passadas, mais de 3 mil dólares em acessórios chiques, e eu me sentia deplorável. Por baixo daquilo tudo, havia uma pessoa feia, egoísta e cheia de medos.

Pedi ao porteiro que não comentasse que estive lá. Decidi esperar que ela me ligasse para conversarmos sobre o casamento.

Passei na farmácia e – ao contrário do que muitas garotas fariam, empanturrando-se de chocolates e potes de sorvete – enchi uma cestinha com antiácidos, analgésicos e anti-inflamatórios, alguns outros remédios, duas caixas de chá de camomila e fui para casa. Sabia que, apesar de ter feito a coisa certa, a noite seria particularmente difícil.

Como um lampejo, no meio da desordem um pensamento claro me ocorreu. Será que o Brian vai ligar?

6

Depois de muito tempo consigo dormir. Mas o despertador toca e me acorda após o que parece ter sido apenas um cochilo de 20 minutos. É manhã de sábado, e eu não trabalho. Mas esqueci de desligar o alarme que toca todos os dias no horário em que costumo levantar para ir ao escritório. Olho em volta e percebo que estou deitada no sofá. A cena em volta não poderia ser pior e deixa claro a noite horrível que eu tive. Uma garrafa de vinho vazia ao lado da mesa de centro. Uma taça com uma borra de vinho tinto no fundo estava em cima da mesinha. No chão ao redor da mesa havia algumas dezenas de lencinhos de papel usados, o que denunciava por que meus olhos estavam vermelhos e praticamente não abriam.

Meu corpo estava embrulhado em uma manta e entre meus braços estavam o telefone da casa e meu celular. Ao que parece, dormi abraçada aos aparelhos. Assim que constatei isso, dei um sobressalto de ansiedade e olhei imediatamente a secretária eletrônica em busca de luzes piscando que poderiam indicar que Brian, talvez, tivesse ligado. Mas não havia nenhum recado.

Então mergulhei novamente no sofá, me afundando em uma enorme tristeza.

Meus olhos estavam inchados, meu corpo doía, minha cabeça latejava. Mas eu não queria me mexer. Eu não queria médicos, remédios... eu não queria nada. Preferi encolher meu corpo um pouco mais, tentando envolvê-lo completamente em um grande casulo, e esperar que algum fato novo me tirasse dali. Passei pelo menos mais uma hora naquela posição. Eu sentia pena de mim mesma, até que finalmente resolvi reagir.

Levantei rapidamente e, enquanto colocava água e pó de café na cafeteira, arrumava a mesa e colocava as torradas para tostar. Resolvi tentar esquecer o dia anterior. Se Brian não havia terminado, é porque talvez estivesse pensando no assunto e isso poderia significar que eu ainda tinha alguma chance de não perdê-lo. Decidi que não pensaria mais no assunto, até ter a oportunidade de conversar com ele pessoalmente. Sabia que seria difícil aguentar até que ele voltasse, mas eu também sabia que uma discussão por telefone poderia arruinar tudo. Então era isso. "Preciso segurar a minha ansiedade, custe quantos Prozac custar!", pensei.

Um banho quente, café fresquinho e cheiroso, torradas, um plano... e eu já estava me sentindo melhor. Durante o café eu traçaria uma estratégia de defesa para usar no caso Brian. Afinal, sou advogada, não sou? É isso que faço o tempo todo. Arrumo argumentos para convencer os outros de que meu posicionamento é o correto. Era isso. Eu só precisava convencer o Brian a ficar comigo porque ele me ama!

Enquanto estava tomando meu café da manhã o telefone finalmente tocou. Saltei para atender, pensando obviamente que era meu namorado arrependido por me dar um gelo. Mas ao atender senti uma pontada de decepção.

– Ah! Oi, Julia! Bom dia!

– Nossa, Amanda, o que foi? Estava esperando outra pessoa? Você parece bem decepcionada.

– Não... quer dizer... é. Eu pensei que fosse o Brian. É que ele não ligou ontem e eu... bom, deixa isso pra lá.
– Mas vocês brigaram?
– Não! – exclamei um pouco nervosa. – Claro que não brigamos. Apenas... ele deve estar ocupado demais em Paris e esqueceu de ligar, só isso – arfei. – Mas onde você está? O que vai fazer hoje?
– Estou aqui no apartamento do Luca e é exatamente sobre o que vamos fazer que eu gostaria de falar com você – ela fez uma pausa para pedir ao Luca que não mordesse o dedo dela. – Desculpe, Amanda, mas às vezes o Luca parece um cachorro. Encontrei o Mark ontem em uma boate e ele me disse que gostaria de ir ao Castle Spa hoje. Eu achei a ideia ótima e disse que iria convidar você. O que acha?
– Eu não sei. Eu não dormi muito bem ontem – disse, tentando arrumar uma desculpa para não ir.
– Amanda, vamos. Você está sozinha, não vai fazer bem para você ficar em casa ansiosa por uma ligação do seu namorado que está do outro lado do planeta.
– Ansiosa? Quem disse que eu estou... uuhm.. ansiosa?
– Se eu não fosse sua melhor amiga, você até me enganaria. Qual é, Amanda? Eu sei que tem algo errado. Brian liga de Paris para você três vezes por dia. Se ele passou um dia todo sem ligar, ou ele foi sequestrado, abduzido ou está bravo com você por algum motivo que tenho certeza de que você vai me contar entre uma massagem e outra. Não vai?
– Talvez você tenha razão. O Luca também vai? – perguntei, deixando claro que não ficaria à vontade em contar meus problemas na frente dele.
– Não, ele precisa trabalhar. Então serão apenas as garotas! Mark, você e eu. Vai ser ótimo! Mark já reservou a sala de massagem. Nós três temos um horário conjunto. Vai ser maravilhoso. Massagem, champanhe e fofoca! Esteja pronta às 10h30. Passaremos aí para te pegar, ok?

Antídoto

— Está bem! Até mais.
Relaxar era mesmo uma ótima ideia. Isso era tudo que eu precisava naquela manhã. Tomei meu café, li o jornal e fiquei aliviada ao saber que uma vacina estava sendo testada para prevenir alguns tipos de câncer. Isso é realmente uma boa notícia para começar o dia. Respirei aliviada e fui me arrumar. Coloquei meu biquíni azul-marinho com contas nas laterais, que foi presente da Julia e eu adorei. Peguei a bolsa grande e fui colocando tudo que eu precisava dentro dela. Minhas aspirinas, antiácido, álcool em gel para livrar as minhas mãos das impurezas do mundo, meu remédio para cólica – mesmo eu não estando em meu período menstrual, eu nunca dispenso meu santo remedinho. E por falar em menstruação, já faz um tempo que a minha não aparece; se eu não fosse totalmente regrada com meu anticoncepcional e tudo mais, eu ficaria até preocupada. Mas uma das coisas que tenho aprendido nos encontros do H.A. é relaxar e não ficar vendo coisa onde não existe. Uma toalha e pronto, a bolsa estava pronta.
O interfone tocou pontualmente às 10h30. Desci rápido e encontrei um Mustang conversível amarelo estacionado em frente ao prédio. O dia estava ensolarado e lindo, perfeito para dirigir um conversível alugado. Ao volante estava Mark, todo cheio de estilo, com uma echarpe feita de um tecido fino, quase transparente e multicolorida. Ele usava também um par de óculos Tom Ford da última coleção. Camisa branca com finas listras coloridas da Ralph Lauren e bermudas de alfaiataria azul-marinho. Julia também estava linda com um vestido Missoni, longo e estampado.

— Oi, meus queridos! Vocês estão lindos! E esse Mustang amarelo? De quem foi essa ideia? – perguntei, olhando para a Julia, apontando para o Mark e revirando os olhos.

— Na verdade – disse Mark –, a ideia foi do Roger. Eu fui dormir na casa dele ontem à noite e, quando comentei o que iríamos fazer, ele sugeriu que eu pegasse um dos carros dele emprestado. – Deu uma pausa. – Mas eu nunca imaginei que ele fosse me oferecer um Mustang amarelo! Adorei! Esse carro é um clássico! E não é a minha cara?

– Com certeza é! – disse Julia, com ar de deboche.

– Bem... eu preciso dizer que adorei – disse sorrindo. – Você sabe o caminho?

O Castle Spa fica em um lugar afastado do Queens, em uma área difícil de chegar com transporte público, por isso a necessidade de irmos de carro.

– Ah... vocês não conhecem o Roger? – disse ele suspirando. – Aquele homem maravilhoso! Só faz serviço completo – disse ele com malícia. – Ele me emprestou o carro com GPS e até programou o endereço para que não tivesse a menor chance de errar. Ele não é perfeito?

Roger realmente é maravilhoso. Depois de muito tempo em busca de um cara legal para se relacionar, Mark já estava quase desistindo, quando finalmente encontrou o Roger. Foi um encontro casual e arrebatador. Parece até que o amor está infectando todos a minha volta. Desde que eles se conheceram já se passaram quatro meses e Roger está cada dia mais apaixonado.

– É! Ele é, sim!

Da saída de Manhattan até a chegada ao spa demorou cerca de 30 minutos e o percurso foi muito divertido. Em nenhum momento tirei meus óculos escuros, evitando, assim, perguntas sobre meus olhos inchados e a noite de choro. O dia foi incrível. Nós nos divertimos tanto que até cheguei a esquecer dos meus problemas. Seguidas sessões de mimos me fizeram relaxar. Primeiro um banho com ervas aromáticas e sais de banho perfumados em uma banheira de hidromassagem. Depois fiz uma massagem extremamente relaxante. Uma garota chinesa de mãos firmes e pesadas me levou ao delírio. Nunca fiz uma massagem tão boa.

Antídoto

Ao contrário de mim, Mark aproveitava o tempo da massagem para nos atualizar sobre os últimos acontecimentos do relacionamento com Roger. Julia sempre tentava interrompê-lo para puxar outro assunto qualquer, mas ele fingia não escutar e continuava falando sem parar. Julia, por sua vez, arfava, virava o rosto e tentava relaxar, em uma clara demonstração de desinteresse. Mas Mark nem ligava.

Um mergulho na piscina aquecida e, antes de deixarmos o spa, terminamos os tratamentos com manicure e pedicure. Foi um dia delicioso: estar entre meus melhores amigos, massagem, fofoca, saladinhas no almoço, banhos revigorantes e unhas lindas.

Mais ou menos às 17 horas eu já não aguentava mais de ansiedade. Tudo o que eu queria era voltar para casa e conferir os recados na secretária eletrônica, se é que havia algum recado. O uso de celulares dentro do spa era restrito e até onde eu pude perceber ninguém havia me ligado. Mas celular, assim como minha saúde, é algo em que não consigo confiar.

Quando comecei a dar indícios de que teria algum tipo de mal-estar, Julia, que me conhece muito bem, tratou de apressar a nossa volta.

Cheguei em casa perto das sete da noite. Assim que abri a porta, meu olho pulou na secretária eletrônica, que, como eu previa, piscava loucamente. Bati a porta e fui correndo verificar. Mamãe, Lauren e Joe, o rapaz da lavanderia, eram os únicos recados que eu tinha. Brian não ligou, constatei com decepção. Arrastando-me até o quarto, larguei a bolsa no chão ao lado da cama, deitei e fiz o inevitável: chorei.

7

O domingo correu infelizmente sem grandes novidades. Brian não ligou o final de semana inteiro. Eu até que tentei ligar, mas nas duas tentativas que fiz, o celular estava sempre fora de área. Também deixei recado no hotel, mas ele não ligou de volta. Então achei prudente não ligar novamente. Comecei a minha semana tentando focar no trabalho. Meu coração estava pequeno dentro do peito. Emocionalmente eu estava arrasada. Mas a semana seria cheia de reuniões e eu tentava bravamente fazer o que as outras pessoas ditas normais fazem, vivendo um dia após o outro. Controlando minha aflição com uma pequena ajuda dos meus calmantes e deixando o tempo cuidar do resto.

É assim que o Dr. Herman Dean, meu terapeuta, disse que devo viver em momentos de crise. Um dia após o outro, tentando afastar os ataques de pânico e as crises compulsivas. Juro que estou tentando, mas preciso deixar claro que, como era de se esperar (por mim, pelo menos), essa coisa toda de viver normalmente não tem sido assim tão fácil.

Antídoto

Tenho frequentado regularmente as reuniões dos Hipocondríacos Anônimos. Uma vez por semana, religiosamente, estou lá contando e ouvindo relatos dramáticos de como funciona a cabeça de alguém que, assim como eu, tem a convicção de que pode morrer a qualquer minuto; sem nenhum exagero, tenho certeza de que posso morrer no próximo segundo e para que isso não aconteça preciso fazer algo a respeito. Entupir-me de remédio, por exemplo. Sei que a automedicação é reprovada por 10 entre 10 profissionais de saúde, mas quem disse que posso me dar ao luxo de acreditar nisso? Sou uma pessoa perseguida pela classe médica. Ninguém acredita em mim.

Ninguém acredita que eu me sinto doente como digo que me sinto. Eles, os médicos, só querem fatos! Então me submeto a todo tipo de exame na expectativa de um dia dar positivo e todos acreditarem. Mas até agora só recebi olhares piedosos e pouca paciência. Como posso acreditar em pessoas que me tratam assim?

Para responder a essa pergunta, estou pagando os olhos da cara em terapia! Nunca faltei a uma única sessão com o Dr. Herman, com exceção daquelas duas que tive de remarcar por motivos de força maior. *Leia-se: motivo de doença maior!*

Uma por causa da dor horrível que senti no fígado após uma noite de bebedeira para comemorar o aniversário do Mark dois meses atrás. Uma festa ótima lá no The Carnival. Sempre tive vontade de ir até lá, um club totalmente diferente daqueles que estamos acostumados a ir. Não é apenas um lugar para balançar o corpo ao som de música eletrônica e barulhenta. Lá encontramos homens maravilhosos – meu namorado que não ouça isso, Brian anda muito ciumento ultimamente (quer dizer, andava). Coquetéis coloridos e servidos por malabaristas. Tudo muito colorido e criativo. Esse lugar é fascinante, parece uma mistura gay de circo com parque de diversões, onde eles servem algodão-doce e coquetéis. Lindo!

A noite do aniversário do Mark havia sido ótima apesar de, no dia seguinte, eu estar me sentindo péssima. Preciso dizer que senti uma pequena evolução aqui. Eu nem pensei que minha cirrose silenciosa pudesse estar me atacando novamente – o que foi bastante reconfortante, tenho de admitir.

E a outra vez que faltei à terapia foi por causa daquela ameaça terrorista, no final do mês passado. Sim, eu também sou presa fácil para esses fundamentalistas. Longe de mim espalhar preconceito e discriminação, mas não me ajuda em nada morar em uma cidade que, além de suja e poluída, o que prejudica muito a minha saúde física, ainda tem de lidar com a ameaça de gente doida que vive querendo morrer ou matar em nome de Alá. Eu sei que colocaram a suposta bomba dentro de um carro na Times Square, e o consultório do Dr. Dean fica em Downtown, muito longe da Times Square... mas e daí? Eu não poderia colocar a minha vida em risco confiando apenas em probabilidades físicas e posições geográficas! Não poderia, poderia? Eu sei lá qual é a capacidade dessa bomba? Você sabe? Então não me condene.

Mas como eu ia dizendo, era segunda-feira, e eu estava tensa com toda a situação do meu relacionamento, que a essa altura eu nem sabia mais se ainda existia. Então pedi a Sarah que fosse ao Starbucks da esquina e me trouxesse um cappuccino, um bagel com cream cheese e uma fatia de bolo de banana. Até esse momento eu ainda não havia notado, mas foi quando Sarah observou que eu estava com muito apetite havia algumas semanas que me dei conta disso. Eu realmente estava comendo demais. Algumas das minhas calças estavam apertadas, e uma ligeira lombada de gordura havia tomado conta do meu abdome retinho. Agora mais essa! Estou ficando fora de forma. Péssima hora para isso.

Comecei a degustar meu cappuccino enquanto folheava algumas revistas de negócios e meio ambiente. Passei cream cheese no bagel e fui revirar os cadernos dos jornais. Essa é minha rotina diária, começo meu dia no escritório procurando por notícias relacionadas ao meu trabalho. Mas como eu não resisto, também vou atrás de qualquer notícia que possa ter impacto também sobre a minha saúde. Então, enquanto eu mordia delicadamente um pedaço do bagel, uma das manchetes do jornal saltou aos meus olhos. Eu juro que eu só queria ler os jornais como qualquer outra pessoa equilibrada. Mas como se eu já não tivesse problemas suficientes, meus olhos insistem em me trazerem mais! Então os dois juntinhos passearam pela página como um feliz casal em lua de mel e depois... BUM! Os dois, em um movimento altamente sincronizado, bateram em um quadro minúsculo no canto esquerdo da folha, arregalaram-se de espanto e pude ler: "Noventa e oito mil pacientes morrem anualmente por erro médico. Isso é o mesmo que dois acidentes aéreos com Boeing 737 todos os dias do ano, o ano inteiro!".

Muito obrigada por me darem a péssima notícia! Fico devendo essa para vocês, jornalistas insensíveis! Como se eu já não tivesse problemas suficientes, agora mais essa! Já sabia que não podia confiar nos médicos, nunca confiei neles mesmo. Mas jamais imaginei, nem nos meus delírios mais remotos, que a situação fosse assim tão desesperadora. Além disso, algo me diz que agora os jornalistas também são inimigos da minha saúde. Como alguém pode ser tão cruel e me dar uma notícia como essa e nem me dizer para tomar um calmante antes? Esse tipo de notícia deveria vir com um alerta enorme no alto da página. "Alerta! Ministério da Saúde adverte: a notícia abaixo pode causar taquicardia, desconforto e até mesmo infarto!". Simples assim. Não dói nada, dói?

Agora tenho dois problemas. Controlar a minha eterna desconfiança nos profissionais da medicina ou controlar a minha pressão, que deu um pico. E sem querer ser dramática – longe de mim –, sei que a minha pressão naquele momento estava muito, muito alta mesmo.

Por causa dessa matéria, minha mente começa a trabalhar em teorias e é inundada com imagens de uma aeronave 737.

Para falar a verdade, nem sei dizer que modelo é esse, mas sei que está agora mesmo na minha cabeça, sendo mutilado e em queda livre. A aeronave está prestes a se espatifar no chão e eu, claro, como não poderia deixar de ser, mas eu adoraria que fosse, estou a bordo!

A cena que estou vendo agora é de dentro do avião. Existe uma mulher sentada próxima de mim. Ela está no assento 12F e não sei bem por que, no meio do caos, ela me chama a atenção. Ela, mesmo estando às portas da morte, não consegue se desgrudar do livro que está segurando, o mesmo livro que estava lendo quando a forte turbulência começou, seguida de uma explosão do lado de fora do avião. Será que o livro é tão bom assim? Ainda se fosse a *Bíblia*, o *Alcorão* ou a *Torá*, eu entenderia, pois a fé é algo extremamente reconfortante em momentos como esses. Mas um romance? As pessoas devem fazer coisas idiotas como abraçar um livro ou qualquer coisa assim quando estão em choque.

Eu, por exemplo, se estivesse em uma situação como essa, tomaria todas as pílulas disponíveis na minha bolsa, apenas para não desperdiçar nenhuma. E quem sabe minimizar a dor na hora do impacto do avião no solo. Se é que existe alguma dor em uma morte como essa. Nunca se sabe.

A passageira no assento ao lado, com terror no rosto, abraça fortemente seu bebê, que chora pela última vez. As revistas de colorir que a pequena menina rabiscou momentos antes pairavam por todo lado, indo para o fundo do avião.

Enquanto uma adolescente de cabelos coloridos tecla freneticamente uma mensagem em seu iPhone, o homem de meia-idade sentado três fileiras à frente segura firmemente seu BlackBerry na orelha. As máscaras de oxigênio balançam violentamente em cima de nossas cabeças, como ele mesmo acaba de relatar para a secretária eletrônica em uma mensagem comovente a sua esposa 15 anos mais nova. Em um sussurro emocionado ele diz: "Eu te amo". Com lágrimas escorrendo pelos olhos, pede que ela abrace os filhos por ele e finalmente se despede dizendo que não vai mais voltar para casa, mas que foi muito feliz com ela. A esposa, por sua vez, só vai ouvir a mensagem quando tudo estiver terminado, deixando cair no chão os mantimentos que comprou para preparar o jantar que celebraria a volta do marido depois de dois meses trabalhando em um projeto humanitário em um país pobre na África Central. *Eu sei, eu sei... sou uma mente brilhante a serviço da paranoia, mas também sou uma mente muito criativa em busca de argumentos que justifiquem minha loucura.*

Do meu assento consigo ver ainda um casal de idosos que se abraça carinhosamente, tentando sentir o calor do corpo um do outro pela última vez, após passarem uma vida inteira de altos e baixos. A cena me faz pensar em Brian. Será que um dia chegaríamos a envelhecer juntos? Duvido. Uma pontada de dor atinge meu peito, e não é efeito da queda do avião.

A cena continua...

O avião, ou o que sobrou dele, caiu no meio de um centro urbano de Nova Jersey, matando não apenas os 208 passageiros a bordo, incluindo EU, mas também algumas pessoas (ainda não sei o número exato) que estavam no prédio verde da esquina onde partes do avião se chocaram, matando tragicamente alguns moradores do lugar. Entre as vítimas confirmadas em solo, estavam duas meninas adolescentes que tinham acabado de voltar da escola e planejavam estudar juntas naquela tarde para a prova de química que aconteceria no dia seguinte. A prova seria suspensa por causa da notícia da tragédia, beneficiando os alunos que não haviam estudado. Um menino de apenas 4 anos de idade passeava de bicicleta com a mãe em frente ao prédio. Eles retornavam do parque alguns minutos antes do horário habitual. A mãe do garoto sobreviveu; inconformada, ela não sabia explicar por que decidiu voltar antes para casa. Ela está bem, mas vai passar um bom tempo entre clínicas psiquiátricas e em tratamento para depressão até que se recupere do que aconteceu. O zelador de 56 anos, prestes a se aposentar, também morreu; ele sofreu um infarto assim que avistou o avião que vinha caindo do céu em sua direção. Entre os sobreviventes em solo está um poodle de 2 anos que – embora um pouco surdo, agitado e nervoso com a explosão – sobreviveu ao acidente e ficará bem. Dois gatos de uma senhora que morava no quinto andar também escaparam sem nenhum arranhão, mas a dona dos gatos não teve a mesma sorte.

Um rapaz que estacionara uma picape da Chevrolet do outro lado da rua onde o acidente aconteceu foi a primeira pessoa a tentar socorrer as vítimas. Muito abalado e ainda em choque, ele conversava com os primeiros jornalistas que chegavam ao local. Muito provavelmente será "entrevistado" em vários programas de tevê e se tornará uma celebridade instantânea – coisas da vida moderna.

Aos sobressaltos, cenas de pessoas mutiladas, gritos, fogo flamejante lambendo tudo a minha volta e muita fumaça vêm a minha mente frenética! Tudo exatamente como acontece nos milhares de filmes de ação que Hollywood não se cansa de mostrar. Até que um estalo de sanidade, ou melhor, a voz de Sarah e suas batidas seguras na minha porta, me faz voltar à realidade confortante. Estou sentada confortavelmente na minha cadeira de couro, surrada e macia, no escritório da ONG na qual trabalho tentando salvar o mundo dos ecomalfeitores, percebo finalmente.

Não havia nenhum avião ou catástrofe iminente por aqui. Era apenas eu e minha imaginação fértil sendo novamente assediada por mais uma manchete sensacionalista. Um atentado a minha saúde mental. Alguém precisa avisar o mundo que sou uma hipocondríaca em recuperação e, com matérias como essa, fica muito difícil me manter no caminho da cura!

Dentro do avião, apenas a minha fé nos médicos sofreu o impacto com o solo. Agora me diz se precisava mesmo que um jornalista melodramático me assustasse dessa maneira? Será que preciso anunciar ao mundo que sou uma hipocondríaca em tratamento? Se as coisas continuarem assim, terei de aumentar consideravelmente as minhas doses de ansiolíticos, os dias de terapia e talvez até precise me internar. Estão vendo isso? As coisas não são tão simples como podem parecer.

Depois do susto, meu estômago entra em uma espécie de colapso. Fico enjoada de repente. Sinto que não vou conseguir segurar o conteúdo no meu estômago. Puxo o cesto de lixo o mais rápido que consigo e... ai... um mix de bagel, cappuccino e torta de banana formam uma pasta nojenta no fundo da lixeira.

Pior que o mal-estar foi o jeito como a Sarah olhava para mim.

– Você está bem, Amanda?

Claro que não! Mas claro que respondi que sim! O que está acontecendo comigo?

8

Voltei para casa quase chorando. Tive um dia complicado no escritório. Precisei participar de reuniões intermináveis para as quais eu não tinha a menor energia. Não consegui me concentrar nos temas discutidos e, para falar a verdade, nem lembro do que foi falado. Nem mesmo a piada do Robert sobre ursos polares passeando de sunga na África do Sul me fez rir. Ursos polares? África? Do que esse cara está falando? Será que ele tomou algumas das minhas pílulas e ficou abobado? Não sei. O fato é que ele não é engraçado. Robert é do tipo galante sedutor. Vive cantando as meninas do escritório. Não perde uma oportunidade de fazer brincadeiras maliciosas. Eu o acho péssimo, mas há quem goste e queira experimentar. Eu sinceramente dispenso. Tanto os galanteios como as piadas.

Preparei vários relatórios para o novo chefe que chegará na semana que vem. O lado bom é que o dia foi tão agitado que poucas vezes me peguei preocupada com o meu namorado sumido. Para falar a verdade, acho que essa história de me castigar já está indo longe demais. Estou ficando realmente preocupada com ele.

Antídoto

Hoje à noite vou ligar quantas vezes forem necessárias até ele me atender. Mesmo que eu precise ligar mil vezes, decidi.

Saí do trabalho por volta das seis horas e fui direto para a reunião do H.A. O dia longo ainda não havia terminado, e meu astral não estava nada bom. Ainda bem que a reunião era uma palestra com um terapeuta que tentava inutilmente convencer a plateia nosofóbica sobre o uso de tratamentos alternativos, chás e cristais no lugar de relaxantes musculares, anti-inflamatórios e ansiolíticos. Doce ilusão. Se fosse assim tão fácil, minha mãe já teria conseguido resolver todos os meus problemas de saúde. Certa vez ela praticamente me deu uma overdose de chá de camomila. Funcionou? Não. Só serviu como diurético e eu passei o final de semana inteiro indo ao banheiro. Pelo menos serviu como desintoxicante.

Mas foi ótimo apenas escutar alguém falar. Se eu tivesse de abrir minha boca em público, seria para chorar compulsivamente.

Já passava das oito horas quando a reunião terminou e meu corpo implorava por um banho quente e o colchão macio da minha cama. Mas tenho um cachorro para cuidar e só quem tem cachorro sabe que o bichinho passa o dia todo sozinho e, quando você chega em casa, a última coisa que vai ter é sossego. Assim que abri a porta, Ali correu para cima de mim. Percebi naquele minuto que não era a única a sentir saudade do Brian. A segunda constatação foi que meu banho quente teria de esperar.

Abracei o Ali com força e fiquei ali compartilhando a minha dor. Como se ele fosse o único que conseguisse me entender.

– Ele já vai voltar, Ali. Ele vai voltar. Mas, se ele não voltar, prometo que vou buscá-lo – eu dizia. – Prometo, Ali.

Troquei de roupa e calcei um par de sapatos confortáveis. Peguei a coleira e abotoei-a no pescoço do pit bull. Saímos pelo bairro para o passeio noturno do Ali.

Estou triste e não me sinto nada bem; a essa altura acho que vou ficar resfriada. Minha garganta está seca e parece que engoli um saquinho de areia. Mas nem por isso posso deixar o Ali sem sair de casa. É como a veterinária dele me disse uma vez: "Todo cachorro precisa do momento antiestresse. Ele precisa correr na rua, brincar perto de outros cachorros, fazer suas necessidades físicas e se possível entrar em contato com a natureza". Então aqui estou eu, recolhendo uma montanha de coisa nojenta no único espaço com natureza que temos na cidade, o Central Park. Estou derrotada, emocionalmente acabada, mas pelo menos Ali parece um pouco mais feliz.

Na volta para casa, passamos no Grace para pegar comida. Eu não tinha nenhum apetite para falar a verdade, mas lembrei que não havia almoçado e apenas tomei café o dia todo. Isso por conta do dia cheio que tive, mas também por medo. Medo do episódio do vômito. Consegui controlar meus pensamentos hipocondríacos o dia todo, mas enquanto estava passeando com o Ali, algumas ideias assustadoras passaram pela minha cabeça. Essas ideias iam desde uma estomatite simples até um câncer de estômago. Se acontecer novamente, serei obrigada a fazer uma endoscopia e esse é um dos piores exames que há! Então, quando percebi que precisava comer algo, escolhi uma sopa de tomate e alguns cubinhos de queijo suíço.

Quando finalmente voltamos para casa, já era muito tarde para ligar para o Brian em Paris. Ele provavelmente já estava dormindo, mas mesmo assim resolvi ligar. Uma pessoa que desaparece por três dias não merece esse tipo de consideração.

– Alô, é do Sofitel? Eu gostaria de falar com Brian Marshall. Ele está hospedado no quarto 305. Você poderia transferir a ligação, por favor?

– Não, senhora...

– Não? Como não? Ele é meu namorado! – falei enfurecida.

Não? Como assim? Quem ele pensa que é para dizer que eu não posso falar com meu namorado? Ou será que... Será que Brian deu ordens de não ser importunado? Ou pior. Será que deu

Antídoto

ordens para não ser importunado pela namorada louca e hipocondríaca? Não! Ele não faria isso. Faria?

Eu já me preparava para gritar de ódio quando o rapaz do outro lado da linha explicou-me que Brian havia deixado o hotel. Mas deixou o hotel por quê? Para onde ele poderia ter ido? O que estava acontecendo? Tudo parecia um pesadelo e eu estava exausta. Desliguei o telefone e comecei a chorar sem parar. Olhei para o prato de sopa fria e não consegui nem experimentar. Encolhi-me no sofá, chorando baixinho, e adormeci.

Lá pelas tantas senti meu nariz coçar. Eu estava dormindo quando coisas incomuns começaram a acontecer. Cocei o nariz e virei para o outro lado. Daí uma coceira leve na minha orelha começou a incomodar. "Que droga de mosquito!", pensei. Eu estava tão cansada que a última coisa que eu queria era travar uma batalha contra um pernilongo sem noção. Eu estava me sentindo tão mal! O mosquito não poderia escolher outra pessoa para atormentar? Pelo menos por essa noite. Afinal, eu já tinha problemas demais. Sem abrir os olhos, tentei puxar a manta para cobrir meu rosto, mas percebi que não havia nenhuma manta. Eu simplesmente adormeci no sofá com a roupa que estava quando voltei da rua e não tive disposição nem mesmo para pegar uma manta. Cobri a orelha com uma das mãos e achei que bastaria. Mas não bastou. De repente, sinto um beijo quente em minha boca. Beijo? O que é isso? Quanto atrevimento! Que tipo de mosquito é esse?

Tudo bem, eu poderia estar sonhando. Era bem provável que estivesse. Mas as coisas foram ficando mais esquisitas. Senti o "mosquito" me pegar no colo. Opa! Isso não pode ser um mosquito, nem mesmo uma gangue de mosquitos. Entre os olhos semiabertos, pude ver o vulto de um homem. Apalpei os braços dele e levei minhas mãos ao redor do seu pescoço. Eu estava muito sonolenta, mas aquele cheiro me é familiar até mesmo quando estou dormindo. Foi só então que me dei conta de que estava no colo do Brian. "Ele voltou?", pensei. Voltou para me surpreender. Ele me ama! Ele ainda me ama!

Com delicadeza, ele colocou meu corpo na cama, deitou ao meu lado e me abraçou. O cheiro da pele dele era tão bom que não consegui me conter. Eu queria ficar mais perto. Aconcheguei-me nos braços dele e com a parte de cima da minha mão comecei a alisar o rosto dele. Pele lisinha, barba feita e cabelo macio. Uma combinação que me deixa louca, não resisti. Fizemos amor e dormimos até amanhecer.

9

Quando abri os olhos lentamente pela manhã, o sol estava ofuscando minhas pálpebras. Mesmo assim, rapidamente tive a certeza de que não havia sido um sonho. Deitado ao meu lado estava o meu homem, sem roupa, com a pele bronzeada. Nenhum sinal mínimo que fosse de imperfeição. Braços musculosos, tórax firme, ombros largos, barriga definida, pernas perfeitas e a parte de trás... Deus do céu, o que é aquilo? Glúteos redondos, lindos e com 100% de colágeno. "Sou privilegiada por ter tudo aquilo a distância de um toque e disponível só pra mim!", pensei.

Enquanto eu o observava ele acordou. Virou-se para mim e disse:

– Eu te devo um pedido de desculpas.

– É. Deve sim!

Eu sei que não deveria ter dito isso. Mas ele realmente devia. Como pôde ter me deixado sem notícias o final de semana inteiro, depois de sair sem se despedir, largando apenas aquele bilhete frio para trás? Será que ele não sabe que meu coração é fraco?

Com um leve sorriso ele prosseguiu:
— Eu estava chateado. Ando sob muita pressão, você sabe. Mas às vezes sinto como se você não estivesse do meu lado.
— Mas... mas eu... — tentei interromper, mas ele não deixou. Colocou o dedo nos meus lábios e pediu para que eu o deixasse terminar.
— Quando eu mais preciso de você, você surta, enlouquece, fica doente, paranoica e isso sinceramente não me ajuda. — Ele fez uma pausa e continuou: — Fico preocupado com você. Tenho de parar as minhas coisas para dar atenção às suas doenças fictícias, e isso acaba complicando a minha vida.
— Eu sei... desculpe...
— Sei que você sente muito. Essa não é a questão aqui.
— Então qual é? O que eu preciso fazer para você se sentir melhor? Eu faço qualquer coisa, eu juro.
— Amanda, eu preciso que você fique bem. Eu preciso que seja forte e que controle seus instintos, principalmente quando eu não estiver por perto. — Ele para de falar e pensa um pouco; está escolhendo as palavras para não dizer nada que possa arrepender-se depois. — Eu estou lutando por um futuro melhor. Quero muito que esse projeto dê certo. É a minha realização profissional, meu futuro que está em jogo aqui. Talvez o nosso futuro. Preciso do seu apoio. Preciso que você não surte. Quero que siga o tratamento e que consiga se controlar. Quero muito isso. Você pode fazer isso por nós.

Do que ele está falando? O que ele acha que estou fazendo esse tempo todo? Venho frequentando as sessões do H.A. há mais de um ano. Tenho duas consultas semanais com o Dr. Dean. Evito ler noticiários sobre doenças. Não tenho ido a hospitais, evito passar na porta de farmácias. O que mais posso fazer? Tento manter minha mente sob controle a maior parte do tempo, mas, sinceramente, isso é o máximo que consigo fazer. Não é nada fácil para mim. Daí vem o senhor perfeito e coloca tudo em uma perspectiva errada, como se eu não quisesse ficar boa. Mas eu quero e quero muito!

— Mas Brian... eu tenho feito o que posso. Frequento o H.A., tenho feito terapia, mas é como o Dr. Dean sempre diz, eu preciso viver um dia após o outro e não é tão simples assim. Eu terei muitas recaídas e isso faz parte do processo de cura... você sabe disso – eu disse com os olhos marejados.

— Eu sei disso. Mas também sei que seu gatilho muitas vezes vem de pensamentos que crescem dentro de você. Acho que se você dividisse comigo, talvez esses pensamentos não se tornassem um problema.

— Como assim? O que você quer dizer com isso?

— Quero que você me conte tudo que a incomoda. E vamos decidir juntos se há algo errado ou não. Por exemplo, sei que tem algo incomodando você sobre as minhas idas a Paris. Você nega, mas sempre que tenho de viajar algo acontece. Apenas seja honesta e me diga o que é!

— É que...

Começo a falar e paro de repente. Não posso dizer isso a ele. Não posso confessar que estou com ciúme de Anabelle. Ele vai achar que além de hipocondríaca eu sou uma louca, ciumenta e psicopata.

— É que... me sinto sozinha quando você tem de ir a Paris.

— É só isso mesmo?

— É! – minto.

— Então por que você não me acompanha em algumas dessas viagens? Nós poderíamos passar o final de semana por lá. Eu prometo que posso trabalhar menos e podemos conhecer a cidade... podemos visitar o Louvre, jantar em algum restaurante da concorrência – ele pisca e fica ainda mais lindo. – O que acha?

— Acho uma ótima ideia. Seria maravilhoso se eu realmente pudesse ir. Mas o momento não poderia ser pior pra mim. Você sabe... o novo chefe está para chegar e essa transição não tem sido agradável.

— Eu sei. Mas vamos pensar a respeito. E... Amanda... me prometa uma coisa.

— Claro! O que você quiser.

— Prometa que sempre que você tiver uma dúvida sobre nós... sobre a nossa relação, eu serei a primeira pessoa que você vai procurar para conversar a respeito. Promete?

Escondi a mão atrás das costas dele e cruzei os dedos em uma atitude infantil, que na minha cabeça me isentaria de um "castigo" por estar mentindo.

— Prometo!

Abraçamo-nos e ficamos ali na cama por mais meia hora. Eu nem queria ir trabalhar. Estava tão bom ficar ali abraçada com aquele homem maravilhoso. Naquele momento os problemas, se é que existia algum, estavam do lado de fora, nas frenéticas ruas de Nova York. E eu não estava nem um pouco interessada em resolvê-los.

10

Sei que contada assim, minha vida parece uma existência miserável. Principalmente depois da noite de amor que tive com o Brian. Mas não se iludam comigo. Eu vivo na Big Apple e se tem uma coisa que todo nova-iorquino sabe fazer e faz muito bem é se divertir! E Brian e eu não somos exceção. Por isso não me surpreendi nem um pouco quando meu BlackBerry trouxe a seguinte mensagem: "Me encontra no Tai Thai, no Village, às 7h30. Temos algo a comemorar".

Comemorar? O que temos para comemorar? Tentei me lembrar de algo, mas nada me ocorreu. Não era meu aniversário (Deus me livre, eu já havia passado por isso alguns meses antes e fazer aniversário duas vezes por ano seria demais para uma pessoa ansiosa), não era aniversário dele, nem do Ali. Então o que poderia ser? Já sei! Ele quer comemorar nossa reconciliação. Só pode ser.

Eu estava tão ocupada com os preparativos para receber o novo chefe que nem tive muito tempo para pensar nisso. Sarah vinha ao meu escritório com relatórios e planilhas a cada 10 minutos com algum erro que deveria ser revisado. Eu estava enlouquecida de trabalho e com o coração apertado sem saber o que poderia esperar do novo chefe. Até esse ponto eu ainda estava no escuro. Eu sabia apenas que o novo chefe era inglês, mais ou menos da minha idade, que vinha da sede da Califórnia e tinha muita experiência, apesar da pouca idade. Jovem inglês e com hábitos californianos! O que fiz para merecer isso? Era tudo que eu precisava saber para ter um colapso do meu sistema nervoso central e, consequentemente, uma síncope! Nada que um Ritalin não ajude a segurar, não é mesmo?

    Avisei à Sarah que eu precisaria sair às 6 em ponto e assim foi. Às 6h20 eu já estava em casa. Brian não havia passado por ali, provavelmente iria direto do trabalho. Tomei um banho rápido e escolhi um vestido no armário: azul-marinho de alfaiataria, comprimento na altura do joelho e com as costas decotadas. Coloquei sandálias douradas Jimmy Choo, bolsa pequena da Coach, perfume floral e maquiagem leve. Passavam alguns minutos das 7 horas quando eu estava na porta do prédio em busca de um táxi, quando aparece ele, de repente, lindo em uma moto.

    Meus olhos não podiam acreditar no que estavam vendo. Fiquei totalmente confusa. Um turbilhão de pensamentos me atingiu ao mesmo tempo e eu não sabia como reagir. Meu namorado estava incrivelmente lindo em cima daquela moto Ducati. Uma moto enorme, cara, preta e linda. Não posso negar em nem um segundo que ele e a moto formavam uma dupla de tirar o fôlego. Mas a minha falta de ar não vinha daí e sim do fato do meu coração começar a palpitar só de pensar que seria obrigada a andar naquilo! Com as mãos geladas, taquicardia e suando frio, me aproximei dele para ter a exata extensão da verdade.

    Eu poderia reconhecer o corpo do Brian em qualquer lugar, até mesmo coberto de lama. Então, quando me aproximei dele, ele retirou o capacete, mas eu já tinha certeza de que se tratava mesmo do meu namorado. Ele mal me cumprimentou e disparou a falar como uma criança eufórica, louco para mostrar o brinquedo novo para as visitas.

– Gostou? Eu queria fazer uma surpresa, por isso não disse nada, mas eu já estava de olho nela há meses – ele disse, sorrindo.

– Eu...? Eu... aaado-adorei! – quase não consegui pronunciar, tamanha a falsidade das letras que saíam forçosamente da minha boca.

Se eu gostei? Eu odiei!!! Como eu poderia ter gostado de uma coisa dessas? Me diz! Me diz que parte do "Eu sou hipocondríaca" é difícil para ele entender? Será que ele acha que uma pessoa que checa a pulsação mais de 20 vezes ao dia, apenas para ter certeza de que ainda está viva, sai por aí arriscando a vida em cima de uma moto? Será? Será? Acho que não. Mas como é que eu vou sugerir para ele devolver isso?! Como vou dizer que nunca, em hipótese alguma, vou andar nessa coisa?

– Eu estou tão feliz que queria vir correndo te mostrar.

Ainda bem que ele não veio correndo me mostrar.

– Claro, entendo. Você fez reserva no restaurante? Não é melhor a gente pegar logo o táxi?

– Táxi? Mas nós não precisamos de um táxi. Eu vim te buscar.

Ah! Ele veio me buscar...

– Brian, olha só... eu sei que você teve a melhor das intenções, mas...

– Já sei... você não gostou. Não quer andar na moto comigo. Está com medo. – O peso da decepção tomou conta da voz antes entusiasmada de Brian.

Eu me odeio. Eu me odeio todos os dias! Como posso ser assim? Por que não tenho nem cinco minutos de pensamentos racionais normais? Meu namorado amoroso e lindo comprou uma moto para me levar para passear e eu não consigo ver isso como uma coisa boa? Não, eu não consigo! É mais forte do que eu. Mas como eu poderia decepcioná-lo? Não. Não poderia. Mas o fato é que em minha mente doente, vinham números e gráficos com estatísticas sobre o crescimento do número de mortos em acidentes com motocicletas nos últimos dez anos! Eu me odeio mesmo! E não consigo me mexer! Nem um músculo sequer do meu corpo sente-se excitado para subir naquela moto. Essa é a verdade! Eu odeio motos!

– Não, não é isso. Eu gostei. Gostei muito, a moto é linda e você vai me deixar louca de ciúme andando com ela por aí! Mas... é só que... bem... eu não estava esperando por isso e coloquei meu vestido novo de alfaiataria, você entende?

– Claro. – Desapontamento disfarçado, eu podia ver. Ele estava sendo tão falso quanto eu. Mas resolveu não discutir. Estacionou a moto em frente ao prédio e pegamos um táxi até o restaurante.

Foi só naquele momento, naquele dia, que percebi o quanto deve ser difícil para ele conviver com uma pessoa como eu. Eu me odeio por fazê-lo sofrer.

11

Certo. Sei que muita gente vai me chamar de louca, mas a verdade é que quando estou feliz me sinto ainda mais insegura.

Isso porque, como todo mundo sabe, basta tudo estar bem para de uma hora para outra ficar ruim. É física pura! Tudo que sobe tem de descer. Para subir se leva um tempo enorme, mas para descer... bem, é outra história. Coisas ruins acontecem com todo mundo, mas no meu caso é ainda pior. Parece até que tragédia é meu segundo nome e pessoas problemáticas têm obsessão por mim. Negativa? Pessimista, eu? Já disse e repito: otimismo não é o forte dos hipocondríacos. Mas depois que eu contar o que me aconteceu, você vai me dar razão, eu garanto.

Caminhei até o escritório, pela manhã, cantarolando alto as músicas que ouvia no meu iPod. Havia muito tempo eu não me sentia tão feliz. Eu estava radiante. Nas nuvens. Até o jornaleiro notou a diferença.

– Bom dia, dona Amanda. Está feliz hoje, é?

Estou! Estou! Estou! Tive de conter a vontade de gritar. Limitei-me a abrir um sorriso largo. Eu não poderia expor minhas

intimidades ao rapaz da banca de jornal, poderia? Paguei os jornais e as revistas e segui para o trabalho. "Nada poderia me tirar a paz naquela manhã", eu pensava. *Nada!*
Cheguei ao edifício da ONG no horário de sempre. Paul e Carlos estavam rindo um da cara do outro como sempre. Eu não sei como eles conseguem trabalhar juntos, sinceramente. Eles implicam, retrucam e riem um do outro o dia todo. Não sei como eles ainda não tocaram fogo na portaria. Um horror! Passei por eles de fininho, sem dizer bom dia (se eu dissesse, eles provavelmente nem notariam), e segui pelo corredor.
Ao entrar no elevador, notei a presença de um homem. Um homem diferente, eu nunca o havia visto por aqui. Ele era ruivo, baixo e tinha o tronco largo. Apesar das características físicas não ajudarem muito, ele estava impecavelmente vestido com um terno feito a mão. Usava gravata rosa e um lenço no bolso do terno. Que tipo de homem ainda usa lenço no bolso do terno hoje em dia?, observei. Talvez um homem bem-nascido e gentil. Ao olhar para ele, acenei com a cabeça e fiz um ligeiro movimento nos lábios. Um ensaio do que seria um "bom dia", mas não saiu nenhum som. O aceno foi retribuído da mesma maneira. Nenhum dos dois disse uma palavra. Sabe aquele clima de elevador? Você finge que eu não estou aqui, que eu finjo que você também não está e assim estamos entendidos. Está aí uma coisa que nunca entendi: a maneira como as pessoas se comportam de forma estranha quando entram em um elevador. Mas fiz o jogo e pensei: "Por que vou ser simpática com alguém com quem não pretendo conviver por mais de 30 segundos?". Ai, como a vida nos engana! Da próxima vez que encontrar alguém no elevador, seja amável com o estranho. Seu emprego, sua vida, seu futuro podem depender disso.

– Você ouviu isso? – perguntei, rompendo o silêncio.
– Isso o quê? – ele replicou.

– Esse barulho... pareceu um zuzzuzuzz... zzz...uzuzuuuum... Está ouvindo agora?

– Não, acho que não.

Esse cara é surdo ou o quê, hein? Fala sério! Um barulho alto assim e ele não consegue escutar? Tem alguma coisa errada aqui, eu sei que tem. E enquanto eu tentava identificar de onde vinha o barulho, um grande solavanco aconteceu de repente. Estávamos subindo, ou pelo menos essa era a ideia. Entretanto, após o sacolejar do elevador, ele parou, para meu total desespero.

Ai, não! Não! Não! Deus, por favor, não permita! Não permita! Eu não posso suportar! Não! Não! Não! Mil vezes não!

– Parou? O elevador parou? – pergunto em total desespero.

– Parece que parou – respondeu o homem calmamente, apertando com insistência todos os botões do painel.

Parou! Parou... Deus do céu, o elevador parou! Não, isso não pode acontecer. Simplesmente não pode acontecer. Assim como eu sou nosofóbica, a claustrofobia também faz parte da minha lista imensa de fobias. A sensação é terrível. Sabendo que estou presa, impossibilitada de sair de um local apertado, inicio um processo totalmente agonizante e involuntário. Não consigo me conter.

Primeiro sinto muita falta de ar. É como se o ar existente no recinto não fosse suficiente para alimentar a necessidade dos meus pulmões. Nesse caso, com um agravante, já que eu estava acompanhada de um homem e teria de dividir meu precioso ar com ele. Sinto-me tomada pelo terror só de pensar nisso. Depois tenho a impressão de que as paredes começam a se fechar em cima de mim, me deixando acuada, sem espaço para me mover. Sei que parece maluquice, mas tenho alucinações com isso. As paredes vêm ao meu encontro e sinto-me totalmente sufocada. Abro os braços em um ato insano e totalmente desesperado, tentando evitar que isso aconteça. Na pior e última etapa da claustrofobia, sou tomada por uma das duas opções possíveis. Na melhor delas eu desmaio. Na outra...

Antídoto

Agarrei o homem pelo terno e comecei a gritar. Não conseguia agir diferente. Falava coisas sem sentindo. O rapaz tinha os olhos arregalados, ele também está assustado. Não é para menos, estamos presos no elevador e sabe-se lá quem e quando vão nos tirar daqui.

– Você sabia que poderíamos passar uma semana aqui sem comer... mas que sem água teremos pouco mais de 36 horas de vida?

– Acho que você não precisa se preocupar, vão notar que estamos aqui em no máximo dez minutos – ele disse.

– Você tem certeza? Como pode ter certeza? Você trabalha aqui? Conhece a rotina do prédio? Temos mais oito elevadores. Ninguém vai perceber que este, justamente este aqui parou!

– Não se preocupe tanto, os porteiros irão notar. Temos câmera aqui, não está vendo? – ele disse, apontando para uma pequena câmera sob nossas cabeças.

– Não, eles não vão notar. Paul e Carlos são os piores porteiros do mundo. Eles ficam implicando um com o outro o dia todo e nem tomam conhecimento do que acontece por aqui! Se depender deles, ficaremos presos aqui até morrer de inanição – insisti com a voz trêmula.

– Não se preocupe, não passaremos fome. Eu sempre trago comigo algumas barrinhas de cereais na minha pasta – disse ele sorrindo.

Ele está brincando? Acho que ele ainda não entendeu a gravidade da situação. Os idiotas da portaria não vão tomar conhecimento de que estamos aqui! Nós ficaremos presos no elevador por dias. Quando resolverem nos procurar, já estaremos mortos e seremos encontrados pelos cachorros especializados em resgate, que nos encontrarão pelo cheiro dos cadáveres! Que parte dessa história esse cretino ainda não entendeu? Será que vou precisar desenhar?

Quando ele percebe minha expressão furiosa, remenda:

– Calma, eu estava apenas brincando. – Ele se vira para o painel e começa a apertar os botões do alarme novamente, mas nenhum som é ouvido.

– Está quebrado! O alarme está quebrado! Como pode? Como isso pode estar acontecendo comigo? Logo hoje... eu estava tão feliz esta manhã... ele voltou, sabe? Ele tinha ido, mas ele voltou... fez as pazes comigo e tudo mais... trocamos juras de amor. Ele é tão fofo e... – arfei e tentei segurar as lágrimas que queriam jorrar dos meus olhos.

– Prometi a ele que não iria mais pirar! Prometi. Mas aqui estou eu, presa em um elevador, com um estranho esquisito, fazendo piadas idiotas...

– ...nós fizemos amor a noite toda e foi ótimo. Até encontrei o meu ponto G, sabe? Aquele que toda mulher diz que tem, mas não tem certeza de onde está, sabe? Pois acho que o encontrei...

A essa altura, o homem me lançava olhares ainda mais constrangidos. Eu não conseguia parar de falar, estava completamente surtada. Agarrei uma das mangas do terno dele com força e falei sem parar.

– Ele é um homem maravilhoso e não está tendo um caso com a Anabelle, apesar de ela ser uma mulher linda e muito inteligente e eu ser apenas uma louca hipocondríaca, com milhares de problemas e totalmente fora de controle...

Os olhos dele se arregalaram novamente e, nesse instante, o elevador, apesar de parado, deu outro solavanco.

– ...porque é isso que eu sou, uma bomba atômica prestes a explodir. Sinto tanta ansiedade que parece que meu peito vai explodir... Adoro meu trabalho, mas estou vivendo um momento horrível. Tenho um chefe novo chegando e não sei absolutamente nada sobre ele. Isso está me deixando louca, entende? Eu adoro o Edward, meu antigo chefe, mas infelizmente ele foi promovido...

— ...quer dizer, estou feliz por ele, mas... mas o que será de mim agora? O que eu vou fazer como esse novo chefe? E se ele me odiar? E se ele não me compreender? E se ele me achar completamente maluca, ou algo assim...

Parei e respirei fundo para não chorar.

— Eu tenho alguns problemas de saúde... sofro um ataque cardíaco por semana, dois AVCs por mês, frequento consultórios médicos regularmente, tomo três tipos de remédio de tarja preta e minha mãe vai se casar! Está vendo só?!

Ai, meu Deus, o que estou dizendo? Estou completamente descontrolada e o homem está me olhando de um jeito muito estranho. Preciso me controlar, preciso mesmo.

— Eu fujo de todas as confraternizações do escritório... não suporto pessoas me tocando. Evito beijar as pessoas no rosto para não ser contaminada com nenhum verme ou bactéria... sabe como é... todos carregam bactérias. Você nunca vai saber se a pessoa que está cumprimentando lavou as mãos após usar o banheiro ou não. Prefiro não arriscar.

— Quando estou sozinha na minha sala, adoro tirar os sapatos e ficar horas em conferência ao telefone com minha melhor amiga Julia e meu amigo Mark. A Sarah sabe disso e temos um código. Sempre que alguém vem falar comigo ela entra antes com alguns "contratos" urgentes para eu analisar. Assim, eu desligo o telefone rapidamente, antes do meu chefe entrar na sala.

Minha nossa... o que estou dizendo? Como posso dizer essas coisas a um completo desconhecido? Talvez por isso, talvez porque nunca mais tenha de vê-lo e essa situação de estresse esteja me deixando louca.

— Minha mãe vai se casar e eu não estou feliz por ela... Na verdade, acho o meu médico um chato. Como posso querer um chato como padrasto?

— Minha irmã é a culpada de tudo isso. Quando éramos pequenas eu tinha toda a atenção da minha família... afinal de contas, eu era uma criança doente... e agora... bem... veja bem, agora ela quer se vingar de mim e fica dando força para as loucuras da minha mãe!

– O Brian é um cara ótimo, sério mesmo, ele é maravilhoso, mas o Dr. Dean disse que eu preciso estar bem para aproveitar o que há de melhor nessa relação. Mas quem é o Dr. Dean para saber alguma coisa?... Nas reuniões do H.A. eu me sinto bem, mas às vezes os discursos me cansam e tenho vontade de mandar todo mundo calar a boca... e...

De repente, sinto uma rajada de vento passar pelas minhas costas. A cena não poderia ser mais patética. Minha bolsa, a pasta do meu computador, os jornais e as revistas que comprei estão espalhados pelo chão. Estou com as duas mãos agarradas na manga do terno do desconhecido, que me olha aterrorizado. A porta do elevador está aberta. Do lado de fora estão Paul, Carlos, Sarah e mais dois bombeiros. Eu estive em um tipo de transe causado pelo pânico. Até esse momento não sabia dizer quanto tempo isso durou e a extensão desse desastre em minha reputação. Sarah me estendeu a mão e disse que precisávamos ir urgente para uma reunião. Saí do elevador completamente desconcertada, envergonhada, humilhada... Meu dia tinha começado tão bem! Por quê? Por que as coisas sempre acontecem comigo? Eu devo ter sido uma pessoa muito ruim nas outras encarnações, só pode ser isso. Que outra coisa explicaria tamanha conspiração? Meu consolo, se é que tenho algum, é que meus desabafos mais íntimos estarão seguros. O tal homem pode até se divertir com a história entre os seus amigos, mas pelo menos não precisarei mais vê-lo e ele também não faz ideia de quem eu sou. Dos males o menor.

Pelo resto do dia tento me concentrar em meu trabalho e esquecer o episódio do elevador. Volta e meia Sarah tenta falar do assunto novamente, mas eu a corto e delego mais coisas para ela fazer. Assim ela para de pensar em fazer fofoca e me ajuda com os processos.

Antídoto

Passei a maior parte do tempo em minha sala, nem pude sair para almoçar. Ao final do dia estava exausta e só queria duas coisas: um banho quente e abraçar o Brian. Ele me ligou duas vezes durante o dia. Estava completamente diferente de dias atrás. Ele foi gentil, atencioso e me convidou para jantar no Le Antique às oito horas. Claro que eu disse sim, eu mal podia esperar para estar com ele naquele clima de romance. Minha vida estava precisando de cores e bolhas de sabão.

12

O cheiro de café que entrava pela janela do apartamento era o aroma mais perfeito para acordar um casal apaixonado. Quando abri os olhos lentamente, fui tomada por um pequeno e vagaroso despertar, que resolvi ignorar completamente. A cama estava tão quentinha! Eu me sentia totalmente aconchegada em um enorme edredom de plumas branco, limpo e cheiroso. Nas minhas costas, podia sentir um calor diferente. Calor humano. Era a pele de Brian tocando na minha enquanto os braços dele circulavam meu corpo. Eu mal conseguia abrir os olhos. Não por estarem colados ou algo assim; meus cílios também não estavam recheados de remela; e eu não estava sofrendo de nenhum tipo de conjuntivite, muito embora uma epidemia da doença andasse mesmo me tirando o sossego. Uma amiga do trabalho me confirmou isso quando disse que não levaria o filho para a escola durante uma semana, pois todas as crianças da classe dele tinham sido contaminadas. Porém, eu não conseguia abrir os olhos pelo simples fato de estarem mais relaxados que o normal.

Antídoto

Sempre dormi muito bem, tirando algumas ocasiões de estresse extremado. Então insônia nunca foi uma doença que mereceu atenção especial em minha lista. Mas nos últimos tempos – leia-se: depois que Brian e eu estamos morando juntos oficialmente – tenho sido presenteada por noites maravilhosas. Nunca pensei que dormir e acordar com alguém que se ama tanto, como eu amo meu namorado, poderia ser algo tão especial. Afinal, meus outros relacionamentos nunca duraram tempo suficiente para que eu pudesse ter esse tipo de experiência.

Mas com Brian é muito diferente. O ato de dormir não é simplesmente ir para a cama e dormir. É muito mais intenso e especial. Todas as noites antes de dormir, quando não estamos exaustos, nós conversamos sobre os assuntos mais variados. É como se soubéssemos que aquele momento é só nosso. A hora ideal para nos conhecermos melhor, para falarmos sobre nosso dia, nossas aflições, ou fazermos confissões embaraçosas do passado, especialmente da infância. Como no dia em que contei a ele como perdi a virgindade. Daí ele também se empolgou e me contou que sua primeira vez foi em um trem em movimento, com uma garota mais velha chamada April. Enquanto ele me contava, cheguei a sentir uma ponta de inveja da tal garota. Será que todo mundo se sente assim quando o namorado começa a contar coisas como essas? Sei que é loucura da minha cabeça, mas por um instante desejei ser a April. Eu queria estar na vida dele desde sempre, não apenas na parte do futuro. Eu gostaria de compartilhar também o passado dele. Não sei como explicar. Só sei que me sinto assim. Sinto ciúme do passado dele. Não gosto de saber que ele teve outras pessoas importantes, que ele levará em sua memória para o resto da vida. Como a tal April, por exemplo.

Certa noite, ele se empolgou e resolveu me contar a história de cada cicatriz que traz em seu corpo. A maior delas ele conseguiu ao cair em cima de um pedaço de madeira enquanto praticava snowboard.

— Eu tinha uns 14 anos e por pouco o pedaço de madeira não atingiu o meu rim — ele contava, empolgado e orgulhoso, sobre o corte que levou 12 pontos nas costas.

Eram momentos de paz. Talvez a melhor parte da nossa relação. Posso dizer sem nenhuma dúvida que Brian é um anjo em minha vida. Ele é bom, dedicado, prestativo, atencioso, preocupado, companheiro — enfim, parceiro. Talvez isso se deva à criação que ele teve. Essa foi outra coisa que descobri com essas conversas. Ele nunca se cansa de falar dos momentos que desfrutava na companhia da avó. O nome dela era Isabella. Dona Isabella faleceu alguns anos atrás e infelizmente não tive a oportunidade de conhecê-la. Sempre que ele se lembra dela seus olhos ficam marejados e sinto uma vontade enorme de confortá-lo, como se ele fosse um garotinho. Mas me controlo.

Do jeito que estou sempre falando bem do meu namorado para todos até parece que ele é perfeito e não tem defeitos. Claro que ele tem defeitos! Mas quem não os tem? Brian sabe ser uma pessoa difícil também. É autoritário, gosta de fazer tudo a sua maneira. Não admite críticas — como todos os homens — e nem que as pessoas deem palpites sobre como ele deve fazer as coisas. Tudo isso — e alguns outros defeitinhos sórdidos que não seria apropriado de minha parte comentar aqui — faz dele um ser humano e não apenas meu anjo.

Mas esta manhã — ao acordar com os raios do sol entrando pela cortina semiaberta e com as lambidas geladas de Ali nos meus dedos do pé esquerdo —, pude perceber o quanto estou apaixonada por ele.

Assim que meus olhos se abriram, virei a cabeça e fiquei de frente para ele. Impossível não observá-lo com um sorriso bobo no rosto. Os cabelos perdendo o corte, porém macios, naturalmente negros e brilhantes. A pele branca, sem sinais de acne, atestava um homem cuja puberdade não castigou. Nariz fino e alongado, sobrancelhas grossas e masculinamente aparadas. E os cílios? Cílios lindos, longos e curvos. Isso era tão injusto! Eu queria aqueles cílios para mim, afinal sou a mulher na relação e por que tenho de ter cílios curtos e espetados?

    Totalmente hipnotizada pela beleza daquele homem que dormia com um leve sorriso nos lábios, um pensamento me ocorreu. Como teria sido Brian na adolescência? Nunca vi suas fotos da infância, ele sempre alegou vergonha demais para me mostrar. E eu tinha tanta curiosidade, que um dia, sem ele saber, mexi em algumas caixas antigas e encontrei alguns vídeos domésticos gravados na época em que seus pais moraram na Itália. E tive a melhor das minhas surpresas. Em um vídeo bagunçado, várias cenas embaraçosas tipicamente familiares. Os pais orgulhosos filmando os filhos jogando uns aos outros na piscina. Ou ainda a mama cozinhando e a filha caçula, irmã de Brian, fazendo birra para não comer os legumes. Coisas rotineiras, simples, mas mesmo assim extremamente importantes. Existia amor ali, eu podia sentir isso. Eu avançava algumas cenas, assistia outras, avançava novamente, até que... lá estava ele, com uns 2 anos de idade e o mesmo corte de cabelo que usa até hoje. Os mesmos cílios longos e curvilíneos, aqueles olhos grandes eram do meu Brian. Apesar de muito diferente do que é hoje, mas ninguém precisava confirmar, eu sabia que era ele. Estava no colo da mãe, inquieto, exatamente como meu atual namorado. Enquanto sua mãe tentava segurá-lo, ele pulava na direção de um homem idoso, com o rosto castigado pelas marcas do tempo, que passava na rua e dizia algumas palavras em italiano para ele. Meus olhos imediatamente encheram-se de lágrimas e senti por um momento que eu era a mulher mais feliz do mundo.

    – Por que você está me olhando com cara de predadora? – ele disse e sorriu. – Se está com fome, é melhor ir até a cozinha e fazer um sanduíche, pois desse jeito você está me assustando.

    – Seu bobo. É só... sei lá... é que você é tão lindo enquanto dorme!

– Sinto muito lhe dizer que estou decepcionado com isso.

– Decepcionado? Por quê? Eu disse algo errado?

– Bom... primeiro porque achei que você me achasse lindo sempre, não apenas quando estou dormindo. E segundo porque é quando estou acordado que minha beleza serve de arma para conseguir o que quero – disse ele colocando as mãos no meu quadril e me puxando para baixo do seu corpo.

– Ah... é? O que é que você quer? Posso saber?

– Você sabe que não gosto de conversar quando estou acordando, então vem aqui... que eu vou mostrar o que quero – disse com o rosto bem perto do meu e começando a me beijar.

Apesar de estar muito a fim de me entregar àquele momento de sexo apaixonado, eu precisava trabalhar. Precisava tentar salvar o mundo dos seus terríveis inimigos. Afinal, sou advogada de uma ONG que trata de assuntos ambientais. E como o planeta está sendo destruído a uma velocidade extraordinária, o que não me falta é trabalho.

A noite de ontem havia sido maravilhosa. A comida do Le Antique estava divina. Meu namorado maravilhoso abriu um dos vinhos especiais da adega e tivemos momentos absolutamente românticos. Fui apresentada a uma nova sobremesa, o *pain perdu*. É uma rabanada de brioche, com sopa gelada de baunilha e sorvete de creme. Simplesmente delicioso. Pena que tudo que é bom dura tão pouco! Em um piscar de olhos amanheceu. O dia está lindo! Apesar de ser início do outono, o sol brilha com intensidade.

Enquanto me arrumo para ir ao escritório percebo que Brian já está se levantando.

– Vai acordar cedo hoje, dorminhoco? – digo sorrindo.

Brian trabalha todos os dias até muito tarde no restaurante. Então, nossas rotinas são bem diferentes. Eu acordo muito cedo e chego ao escritório no máximo às 9 horas. Sempre deixo Brian dormindo ao sair. Ele levanta por volta das 11 horas. Chega ao

trabalho um pouco antes do meio-dia e fica lá por mais de 12 horas. Ser dono de restaurante não é moleza. Mas ele adora, e isso me deixa tão orgulhosa!
– Você se lembra que tenho de ir à Califórnia, não lembra?
É mesmo! Não, eu não me lembrava. Brian havia me comunicado, antes da última ida a Paris, que passaria três dias na Califórnia em uma convenção de vinhos provando e comprando algumas caixas para o restaurante.
– E você está indo hoje?
– Vou pegar o voo às 2 horas, mas quero passar no restaurante antes de ir. Preciso acertar alguns detalhes com o Levi. Sabe como é, não posso deixar todas as decisões nas mãos dos empregados – disse com segurança. – Você poderia ir me encontrar lá na sexta-feira, o que acha? Poderíamos passar o sábado descansando e voltamos no domingo pela manhã.
– Acho a ideia maravilhosa, mas vamos ver como as coisas vão ficar no escritório. Talvez eu tenha de trabalhar até muito tarde na sexta – disse com cautela, com medo de desapontá-lo. Afinal, as coisas estão tão boas que não quero que nada estrague isso.

Uma hora depois eu passava pela portaria e, em vez de pegar o elevador, preferi subir os oito andares pela escada. Acho que vai demorar um pouco até eu confiar naquela gaiola metálica novamente. Quando finalmente cheguei ao escritório, estava tão ofegante que meus pulmões davam a sensação de que iriam explodir com o esforço extra. Isso me lembrou que há muito tempo não faço exames para medir a capacidade pulmonar; vou agendar isso urgente.
Ao passar pela área de café, percebi um burburinho que ia crescendo pelo escritório como uma onda chegando à praia. Entretanto, fofocas e mexericos são muito comuns por aqui, então preferi não dar atenção a isso e segui para minha sala.

Mas quem conhece a Sarah sabe muito bem que ela não ia deixar barato. Antes mesmo que eu pudesse fechar a porta, me jogar na minha cadeira de couro macio e me recuperar dos lances de escada intermináveis, ela bloqueou a porta com um dos pés e foi entrando para contar a novidade.

– Amanda, não está sabendo?

– Não. Acho que não sei de nada. E se disser respeito a mim, garanto que é mentira! – disse com veemência. – Estou muito cansada de ouvir meu nome nas rodas de fofoca do escritório. Por favor, me deem uma folga!

– Ele está aqui. Ele esteve em uma reunião com Edward, Paul e Robert ontem e hoje ele já começa a trabalhar – disse ela com um enorme sorriso de ansiedade. – Será que ele é legal?

– Ele quem? Do que você está falando?

– Do novo chefe! – ela fala, finalmente.

– Ah, isso! – Meu semblante muda instantaneamente de ofegante e descabelada para pálida e preocupada.

Ah, isso... De repente, sinto enjoo. Uma náusea muito forte. Ainda não comi nada e mesmo assim sinto como se precisasse esvaziar meu estômago. Acho que preciso marcar uma consulta com o endócrino também. Talvez até refazer a endoscopia. Talvez. Contive a vontade de vomitar e liguei o computador.

– Então vamos trabalhar, Sarah. O novo chefe chegou e ainda temos muitos relatórios para... – *glup... mais náuseas...* – ...para concluir antes que ele comece as reuniões com a equipe.

– Você está se sentindo bem? Parece pálida – ela observa com uma grande interrogação no olhar.

– Eu estou... *glup...* não sei dizer.

Foi nesse momento que comecei a me preocupar. Há dias venho tentando disfarçar, mas o fato é que essa história de chefe novo está mexendo muito comigo. Cheguei a falar sobre isso em uma sessão inteira com o Dr. Dean, meu terapeuta. Achei que fosse ficar aliviada e que falar sobre o assunto me prepararia para

Antídoto

o momento. Mas não preparou. O Dr. Dean apenas constatou que tenho horror a mudanças. Mas quem não tem? Sempre que percebo mudanças drásticas no meu modo de vida aproximando-se, sinto minha pressão arterial subir feito fogos de artifício. Não posso evitar.

A atmosfera no escritório está um pouco diferente. Um jorro de adrenalina, misturado com ansiedade. Quando passo pelo corredor central, vejo a Carmem arrumando e limpando cuidadosamente a mesa. O John, responsável pelo marketing, está organizando os layouts das campanhas dos últimos cinco anos, como se estivesse pronto para apresentá-los a alguém. A Jasmine tirou a poeira dos porta-retratos dos filhos e enfileirou de volta ao lado do computador. Até a Sarah está retocando o batom para causar boa impressão. O que está acontecendo com as pessoas por aqui? Será que tem algo errado com a água do bebedouro? Só pode.

– Ele é bonito? – pergunta a assistente de Robert para Jasmine, que faz uma careta, obviamente em uma negativa. – Ah, não importa. Será que ele é solteiro? – continua ela especulando.

Enquanto observava atenciosa o movimento de todos a minha volta, uma voz grave me tirou do transe.

– Amanda, você poderia vir até a minha sala, por favor? – Era a voz do Edward. Finalmente é chegada a hora de eu conhecer meu chefe.

A cada passo que dou em direção à sala de Edward, sinto minhas pernas trêmulas de pavor. Tento me controlar. Olho em volta e percebo todos os olhares vidrados em mim. Então tomo o último gole de água que ainda resta no copo e desejo secretamente que tenha o mesmo efeito de um copo de uísque duplo.

Ao passar pela porta, vejo uma figura familiar. Um homem de tronco largo, usando sapatos italianos e terno risca de giz, feito sob medida. Meus olhos vão subindo e, ao chegar ao rosto do homem branco de cabelos ruivos, sinto uma pontada aguda na boca do estômago, como se tivesse acabado de levar um soco ou algo assim.

Ai... não!
Ai... sim!
É ele. O homem a minha frente não é o que podemos chamar de "velho conhecido", mas é impossível negar que ele é o cara que ficou preso comigo no elevador. O que ele está fazendo aqui, na sala do Edward? Será que veio reclamar que uma funcionária maluca da ONG o atacou no elevador? Mas eu não o ataquei. Quer dizer... fiquei um pouco descontrolada sim, admito. Porém, não encostei nele. Quer dizer... até que fiquei grudada na manga do terno perfeito e caro dele, mas... mas ninguém pode me processar por isso. Não tive culpa. Se ele quer processar alguém, que processe a empresa que faz a manutenção dos elevadores. Não eu! Ou será... Já sei! Ele veio aqui, pois resolveu processar a empresa que presta serviço de manutenção no edifício e precisa de mim para testemunhar. Claro! Só pode ser isso. Ele precisa de mim. Enquanto tentava achar uma explicação para encontrar aquele homem novamente, Edward iniciou as apresentações.

– Amanda, este é Josh Hamilton. Ele vai me substituir – disse ele de maneira amigável. – A partir de agora, ele é o novo diretor do departamento jurídico.

Só vou dizer mais uma coisa. Lembra daquela sensação de náusea que eu disse que senti enquanto falava com a Sarah pela manhã? Pois bem. Um jato de vômito foi parar nos sapatos italianos de Josh Hamilton.

Sei que existem várias maneiras de causar uma péssima primeira impressão. Mas sei também que consegui me superar –

Antídoto

tanto em termos de conteúdo quanto à forma – com relação ao maior vexame da minha vida. Estou com tanta vergonha que todo o sangue do meu corpo parece estar ruborizando meu rosto.
Verdade seja dita, nem me lembro exatamente do que aconteceu. Foi tudo tão rápido! Entrei na sala do Edward, dei de cara com o ruivo do elevador. Assim que ouvi a palavra chefe, um jorro alaranjado nojento saiu direto do meu estômago para os sapatos bem lustrados de Josh. Depois os acontecimentos entraram em um giro alucinante. Edward segurava a minha mão e, ao mesmo tempo, gritava pela Sarah, que veio correndo. Levaram-me para o banheiro feminino. Lavei as mãos e o rosto, mas a única coisa que eu queria era sumir dali e isso eu não consegui fazer.
– Você está bem? – Sarah perguntou com piedade.
Tive vontade de gritar. É claro que não estou bem! Você é estúpida ou o quê? Sabe o que acaba de acontecer? (claro que ela nem faz ideia). Sabe? Eu vomitei nos pés do meu futuro chefe! O homem que passou uma eternidade preso (tipo uns vinte minutos) comigo em um elevador asfixiante! O cara para quem eu contei que não sei ao certo onde fica meu ponto G! O cara para quem eu disse que tenho a saúde frágil! Contei que penso que vou morrer a cada cinco minutos! Contei para ele coisas que não contaria a um padre em um confessionário! Como posso estar bem? Eu não me sinto nada bem. Acho que vou vomitar de novo.
Não consegui responder. Fui tomada por emoções incontroláveis. Meus olhos encharcados começaram a chorar. Eu queria o colo aconchegante do meu namorado amoroso. Mas, pra variar, ele não estava disponível.
Passei o resto do dia me escondendo como uma menina levada que foi colocada de castigo e não tem coragem de olhar nos olhos do seu carrasco. Não saí da minha sala nem para comer. Pedi a Sarah que fosse ao Lenny para comprar um sanduíche de salmão defumado e queijo branco, e suco de maçã. Não sei por que, mas de repente senti uma vontade enorme de comer salmão defumado, e eu odeio salmão defumado.

Só quando o escritório já estava quase vazio tive coragem de sair da minha sala. Eu sabia que não poderia me esconder para sempre, por mais que achasse essa a única saída honrosa para a situação em que me meti. Mas, pensando melhor, talvez eu pudesse encontrar um novo emprego no Alasca e assim não precisaria me encontrar com o Josh nunca mais. E com o tempo e um pouco de sorte, talvez todos aqui na ONG não vão mais se lembrar do que aconteceu hoje. Tipo em uns 10 anos, talvez! Mas a ideia era mais absurda do que parecia. Eu odeio frio. Imagine! Eu ficaria doente todas as semanas. Eu não teria um minuto de paz. Além disso, como eu poderia convencer o Brian a se mudar para o Alasca comigo e abrir um restaurante lá? E a mamãe? É. Isso não daria certo mesmo. E foi com esse pensamento na cabeça e a mão trêmula, que bati na porta da sala dele.

13

A receptividade não foi exatamente a que eu esperava, mas, dadas as circunstâncias, quem poderia culpá-lo? Assim que a porta finalmente se abriu, um arrepio de pavor percorreu meu corpo. O olhar que ele me lançava era frio e ameaçador. Contive o tremor em minhas mãos e procurei me concentrar no discurso que preparei antes de vir até aqui. Mas como sempre acontece comigo em situações como essa, as frases prontas e o pedido elaborado de desculpas simplesmente evaporaram da minha cabeça. Tudo culpa do nervoso que estava sentindo. Minhas mãos começaram a ficar geladas e comecei a suar na parte de trás do pescoço, bem embaixo dos cabelos.

"Deus, me tira daqui antes que eu perca o meu emprego, que amo tanto!", eu pedia por um milagre, mas em vez disso, ele me olhava com seu olhar inquisitivo agora, quase como se eu fosse uma louca prestes a atacá-lo. Já foi surpresa ele não ter chamado os seguranças assim que abri a porta. Provavelmente arruinei os sapatos brilhantes dele para sempre. Mas certamente ele fará isso se eu não disser nada nos próximos cinco segundos.

Antídoto

– Desculpe interromper. Posso entrar? – disse timidamente.
Nenhuma resposta veio ao meu encontro. Apesar de claramente eu não ter interrompido nada além de uma troca de mensagens frenética que ele compartilhava com alguém ao celular, nenhum trabalho brilhante estava sendo desenvolvido ali. E eu, me sentindo cada vez pior, buscava em minha mente o fio da meada do meu discurso perdido em algum lugar obscuro.

– Olha, Josh, eu queria apenas me desculpar, está bem? Sei que não começamos bem a nossa história, mas isso sempre acontece comigo quando encontro um médico novo. Sabe como é? Eles me acham louca varrida e depois acabam entendendo que sou apenas uma pessoa em busca de ajuda para não morrer. E quando isso acontece tudo fica bem. Apesar de que alguns deles não atendem minhas ligações em emergências ou pedem para a recepcionista dizer que estão ocupados. Bem, isso não é nenhuma novidade, não é mesmo? Os médicos são pessoas ocupadas... e...

Olhei para ele, e a expressão em seu rosto parecia estar mudando. O problema é que estava mudando para pior, e isso definitivamente eu não esperava. Ainda podia ficar pior? Meu Deus, quem é essa criatura cruel e desalmada? Meu novo chefe, suponho. Estou frita!

Pigarreei levemente, tentei focar no que estava dizendo e fui em frente.

– ...O que estou querendo dizer é, basicamente, que sinto muito pela manga do seu terno italiano. Sei que meu comportamento no elevador foi constrangedor, mas aconteceu, e não tenho palavras para expressar como fico triste por isso. Mas acho que você já entendeu que sou uma pessoa com certa dificuldade em aceitar a realidade como ela é. Ou seja...

Outro pigarro e prossegui.

– ...Tenho uma tendência ao exagero quando o assunto em questão é a minha saúde ou quando a minha vida está em risco.

Parei e esperei que ele se comovesse, ou pelo menos abrisse um leve sorriso. O que significaria que ele estava começando a me perdoar, ou pelo menos me aceitar.

– Sinto mais ainda pelos seus sapatos. Eu não faço ideia de como aquilo aconteceu, sinto muito mesmo. Prometo que vou pagar o seu prejuízo e que isso não vai se repetir. Eu não sou o tipo de garota que vive vomitando por aí. Isso, aliás, nunca me aconteceu antes e... bem... acho que vou marcar uma consulta com um especialista e ver se há algo errado comigo, eu prometo.

Essa foi fácil prometer. Eu já estava pensando nisso mesmo. Desde que entrei para o H.A., nunca mais pude marcar uma consulta apenas para tirar uma pulga de trás da minha orelha. Tenho sido vigiada por todos a minha volta. Mamãe, Brian, Lauren e até a Julia fazem parte da patrulha. Porém, agora é diferente. Eu vomitei no meu chefe e isso me libera para uma consulta de emergência. Enquanto eu viajava em meus pensamentos, Josh arranhou a garganta, o que produziu um som meio esquisito, mas foi o suficiente para eu acordar e voltar à realidade.

– Josh, sou ótima profissional e acho que isso é o mais importante para você, não é? Prometo que não vou decepcioná-lo. Eu amo o meu trabalho e vou fazer tudo que puder para mantê-lo. Você pode contar com isso.

Quando finalmente terminei e não tinha energia para outra investida, ele resolveu parar de me martirizar e disse:

– Você me deve 750 pelos sapatos.

O quê? Ele está me cobrando mesmo pelos sapatos italianos que arruinei de forma completamente involuntária? Monstro insensível! Eu odeio esse homem. Acabei de conhecê-lo e já consigo imaginar como minha vida será um inferno de hoje em diante! Onde já se viu isso? Quem faz isso? Todo ser humano – não é o caso dele, claro – sente um pingo de compaixão pela dor do próximo. Mas ele... ele só pensa nos 750 dólares que custaram os sapatos italianos metidos a besta. Odeio esse cara.

Com tom de reprovação, repeti o que ele disse só para ter certeza.

– Eu te devo 750 dólares pelos seus sapatos?

– Não.

Fiquei aliviada, achei que ele tinha recuperado a razão, onde quer que ela tivesse ido parar, mas daí ele completou:

– Você me deve 750 euros! Foi quanto os sapatos me custaram, e eram novos!

E foi assim que entrei na sala dele tremendo e cheia de remorso e saí de lá bufando, cheia de ódio e com uma dívida de quase mil dólares para pagar, dado o câmbio do euro.

Quem ele pensa que é para me tratar dessa maneira? Minha professora de piano ou um agiota? Ei, espera um minuto. Finalmente minha mente astuta de advogada voltou a funcionar. Que tipo de homem paga 750 euros em um par de sapatos? Não são os casados com filhos. Muito menos os solteiros, mesmo que ganhem um bom salário, como no caso do Josh. Então sobram apenas duas opções: os de família muito rica, ou...

Pensando bem, Josh, acho que já entendi qual é a sua. Talvez nossa convivência não precise ser tão ruim assim.

14

Se eu tiver de eleger alguma coisa chata no meu trabalho, além do meu novo chefe (existem várias coisas chatas, mas essa é a pior delas), é o fato de que nunca tenho folga! Eu sei que tenho o descanso merecido nos finais de semana e férias anuais. Claro que tenho, afinal também sou filha de Deus, por favor. Mas estou falando de folga de verdade. Diminuição do ritmo de trabalho, rotina desacelerada, poder desconectar das coisas que estão acontecendo ao redor do mundo e me dedicar a minha saúde. Ai, como preciso disso!

Entretanto, o que acontece na minha área é justamente o contrário. O mundo está enlouquecendo – ou melhor, adoecendo. Aliás, o planeta está com a saúde pior que a minha. Se eu fosse comparar a Terra com algum ser humano que conheço, certamente seria a prima Margareth, uma senhora de meia-idade que tem absolutamente tudo que uma pessoa possa ter. Cruzes! Só para começar, ela está na menopausa e sente aquelas terríveis ondas de calor. Tipo o aquecimento global que está derretendo as calotas polares. Algo mais ou menos assim. Dizem os mais alarmistas que em poucos anos o nível das águas dos oceanos atingirá o vigésimo andar do Empire State Building, uma péssima notícia para o mercado imobiliário e para quem gastou milhões comprando um apartamento em Manhattan. Dessa eu me salvei, pois meu apartamento é alugado, e até essas previsões se confirmarem eu já terei comprado meu barquinho, tipo a Arca de Noé, sabe? Assim poderei salvar pelo menos os meus amigos, a minha família, o Brian, o Ali e alguns esquilos do Central Park também. Mas, voltando a minha teoria, o calorão da prima Margareth está fazendo ferver o sangue dela, e a pressão da coitada já está nas alturas também. Ela já colocou duas pontes de safena, fez cirurgia para retirada de varizes, tem artrite, artrose e reumatismo. E ainda manca de uma perna por causa de um acidente doméstico. Minha prima sempre foi meio estabanada. Sem querer desviar muito do assunto, mas minha prima, quando tinha por volta de 40 anos, caiu de uma escada enquanto fazia malabarismos em busca de uma caderneta empilhada no topo de uma estante. Em um momento de desequilíbrio, prima Margareth foi para um lado e a escada para outro. Traumatismo no fêmur e no joelho. Até hoje ela sofre com dores e pela falta de mobilidade no joelho. Tudo por culpa de uma cadernetinha com receitas de tortas de maçã com massa folhada. Pode?

Prima Margo, como costumo chamá-la, já teve, nos tempos da juventude, bronquite asmática e era alérgica até a mudanças climáticas. Pode imaginar? Hoje, para a sorte dela, isso é coisa do passado. Mas quem precisa de uma bronquite, quando já tem a vida recheada com todas as doenças da velhice, não é mesmo?

Eu sei que você deve estar pensando que a hipocondria pode ser uma doença transmitida geneticamente e que aqui está a resposta para meus problemas de saúde frágil: eu e minha prima herdamos os genes hipocondríacos de algum ancião da família. Sinto muito desapontá-la, mas a minha doença é de fundo psicológico e não genético. Além do mais, minha mãe jura que a prima Margo não é hipocondríaca; suas doenças, ao contrário das minhas, são reais, comprovadas por exames médicos e atestadas pela ciência. Feliz da Margo que consegue se fazer acreditar. O que minha mãe acredita ser uma tremenda falta de sorte, eu considero viver no paraíso. Margo, além de ter a atenção de todos os médicos e familiares, coleciona receitas de remédios com tarja preta e até morfina. Ela ainda tem permissão do governo para fumar maconha sem ser incomodada. Você acharia isso ruim? Pensa bem: morfina, codeína e maconha. Fala sério!

Então, como eu estava explicando, o planeta Terra está igual à prima Margo. E infelizmente, para a humanidade, as perspectivas de cura são bem remotas. Daí provêm as minhas queixas. Estou nessa luta há anos e não tenho paz ou um minutinho de trégua que seja. Todos os dias, quando abro os jornais, encontro pelo menos dois ou três novos problemas que teremos de enfrentar, direta ou indiretamente. Para complicar ainda mais, vem esse monte de ambientalista maluco – pois vamos ser honestos: para ser ambientalista, a pessoa precisa ser radical e, para ser radical, tem de ser maluca, então... – com ideias mirabolantes e extremamente criativos, e começam a protestar. Eles bolam as mais intrigantes e artísticas maneiras de expressarem a revolta, que na verdade é de senso comum, mas lá vão eles. Ora enjaulando-se na praça em frente ao Palácio de Pequim, ora colocando máscaras em estátuas ou ainda algemando-se em volta do edifício mais alto do mundo, correndo com seus barquinhos atrás de cargueiros imensos nas águas do Pacífico. Amarrando-se a árvores centenárias na Amazônia, atirando tinta vermelha nos casacos de pele das madames em Nova York, cobrindo-se de carne fresca em alguma praça em Berlim. Ou simplesmente ficando nus em algum lugar público de Londres, Amsterdã ou Paris. Tudo para atrair a atenção da mídia.

Muita criatividade, não podemos negar. Porém, tudo isso é eficiente? Não sei. Acho que precisamos encontrar maneiras mais produtivas de trabalhar por essa causa. Que é muito séria, precisamos lembrar. Estamos tentando salvar o planeta aqui e não ter cinco minutos de fama. Fico feliz quando encontro iniciativas do tipo confeccionar roupas com tecidos orgânicos. Os orgânicos fazem parte de uma atitude realista para salvar o planeta. Reflorestamento de áreas desmatadas. Trabalhos de reciclagem de lixo que geram dinheiro para comunidades carentes e ajudam a causa, além de muitos empregos. Ou organizações que conseguem aprovar projetos de lei e dão real contribuição social. Outras que financiam projetos de biocombustível ou energias alternativas. Existe muita coisa a ser feita. E todos podem colaborar.

Não adianta apenas ser do contra ou radicalizar. A história do mundo já provou que radicalismo só traz sofrimento, dor e morte.

Está vendo só? O que foi que eu disse? Estou precisando de uma folga. Estou filosofando sobre a história do mundo. Acordei um pouco febril e com o estômago revirado, deve ser isso. Vou tomar um antitérmico e duas pastilhas de "Tums" que isso passa. A outra razão para eu estar assim é que, no final de semana, trouxe um monte de processos para analisar em casa. Depois da conversa honesta que tive com o Josh, as coisas no trabalho melhoraram. Isso seria uma ótima notícia, não fosse o fato de ele ter me dado tanto trabalho no final de semana como forma de castigo por ter destruído seu par de sapatos italianos. O que significa um final de semana sem namoro (tudo bem, Brian trabalha no final de semana também), sem amigos, sem bebedeira ou cineminha, e o pior: sem sexo! Ah! Problemas de saúde também não serão o foco do meu sábado ou domingo. Preciso me concentrar.

Passei a noite inteira do sábado lendo um processo gigante, mais de 800 páginas de puro tédio. Consegui finalizar antes das dez e só então me dei conta de que ainda não havia jantado e meu estômago estava reclamando disso. Brian chegaria muito tarde e eu não aguentaria esperar.

Liguei para o restaurante chinês a duas quadras da minha casa e fiz um pedido simples: *dumplings* de vegetais, rolinho primavera e frango xadrez com arroz frito. Fui informada pela atendente que meu jantar chegaria em 20 minutos, tempo suficiente para uma chuveirada. Fiquei tão concentrada no processo, que nem percebi que minhas roupas estavam desconfortáveis, meu desodorante, vencido e meus ombros, duros feito um pedaço de pão velho.

"Um banho quente é tudo de que preciso para relaxar", pensei.

Abri o chuveiro no máximo, com a temperatura também no máximo. O vapor rapidamente tomou conta do ambiente, coisa que adoro. Tirei a roupa e me permiti alguns minutos de sossego embaixo da cascata de água quente que batia em meus ombros estressados fazendo uma ligeira massagem. Não como uma ducha escocesa faria, mas era relaxante assim mesmo.

Durante o banho, Ali ficou estirado no tapete do banheiro olhando docemente para mim. Preciso admitir que depois de tudo que passamos, acho que finalmente esse cachorro começou a gostar de mim. Ainda bem, pois um relacionamento não vai adiante se algum membro da família do seu namorado não gosta de você. E Ali com certeza é parte da família; pior: ele mora junto conosco.

Eu estava acabando de me arrumar e colocar meu pijama mais macio quando o interfone tocou. Um chinês que praticamente não falava inglês insistia para entrar. Deixei. Já na porta ele me entregou a comida e pediu para assinar o recibo do cartão de crédito, o que fiz, e ele rapidamente desapareceu.

Jantei. Assisti um pouco de tevê e quando estava quase adormecendo o inesperado aconteceu. Um burburinho no meu estômago me fez levantar e correr para o banheiro. Inacreditável! Mais um episódio de vômito me fez pensar que não posso mais esperar para fazer uma endoscopia. Definitivamente tem algo errado com meu estômago. Seria ótimo se eu pudesse correr para a emergência do Cornell Hospital, mas não posso. Nas reuniões do H.A., nós nos comprometemos a não correr para a emergência no primeiro sintoma. Então eu faria os passos que eles me ensinaram. Tomaria um chá, tentaria não pensar em doenças fatais e aguardaria o próximo sintoma – que eu espero sinceramente que não venha.

15

Toda vez que paro para pensar no que está acontecendo meu estômago borbulha. Não consigo manter o foco. Não consigo pensar no trabalho e nem me concentrar em nenhuma das tarefas que tinha programado para o dia. Uma semana se passou desde o incidente com o Josh e devo admitir que, apesar de ele ser meio metido e ter postura de galo de rinha, até que é um bom chefe. E nós estamos nos entendendo muito bem.

Porém, como você está cansada de saber, minha vida é uma sucessão de dramas sem fim. Quando um episódio acaba, outro logo começa e parece que minha história nunca tem fim. Não que isso seja algo ruim. Veja bem, ter histórias – mesmo que dramáticas – para contar serve pelo menos para constatar que ainda estou viva, respirando e com alguma saúde – e isso já é um alívio.

Entretanto, o que aconteceu hoje foi simplesmente demais para minha cabeça dominada pelos espíritos doentes que me perseguem e atormentam. Deus, eu só queria um pouco de paz. Será que é pedir demais?

Antídoto

Essa passou de todos os limites e fui forçada a tomar medidas drásticas em direção à compreensão dos fatos. Não que eu quisesse tomar, preciso deixar isso muito claro. Fui forçada pela Sarah a fazer um exame de gravidez. Aquele de farmácia que basicamente consiste em fazer xixi – desculpe a linguagem vulgar –, em urinar em um palito de plástico que tem uma abertura em uma das pontas e um pequeno visor na outra. Depois a gente fica olhando e retorcendo os lábios até que na outra ponta, onde está o visor, aparece um tracinho azul ("negativo") ou dois tracinhos azuis (nesse caso, a pior das notícias, pelo menos para mim) que significam "positivo".

Foi loucura eu ter deixado a Sarah me convencer a fazer isso, eu sei; entretanto, para mim, nosofóbica de carteirinha, como recusar um exame? Mesmo que seja de gravidez. Há algum tempo a Sarah vem me bombardeando com perguntas estranhas depois de cada acontecimento esquisito que tem acometido minha vida. Como quando meu chefe me pegou dormindo em cima do teclado do meu computador. Isso nunca havia acontecido antes, nem mesmo quando eu virava as noites estudando para as provas de Yale. Ou quando vomitei todas as ostras que comi depois do almoço com a Lauren e a Julia no Eataly. Não que as ostras estivessem ruins, muito pelo contrário, estavam apetitosas, mas meu estômago recusava-se a colaborar. Até hoje não acredito que coloquei para fora aquelas ostras lindas, deliciosas e caras. Nem o espumante italiano cuja garrafa custou uma fortuna. Mas o fato é que a Sarah anda desconfiada de algo e, só para ela se acalmar, resolvi agir como uma colegial e ir discretamente para o banheiro do escritório fazer logo aquele teste. Afinal, não estou grávida mesmo. O que poderia acontecer de ruim? Ai, meu Deus! *O que poderia acontecer de ruim? Eu estou prestes a fazer um teste de gravidez e me perguntando o que pode acontecer de ruim? Eu só posso ter caído do berço e batido a cabeça gravemente quando era criança. Só pode ser isso. E a descabeçada da minha mãe nunca me contou para não me dar certeza de que um dia terei mesmo um aneurisma. Ai, minha Santa Chanel do Pretinho Básico, não me desampara! Eu nunca vi uma mulher grávida se vestir com estilo. Protege-me dessa vez, que eu prometo nunca mais usar aquele pijama xadrez vermelho e preto horroroso. Amém!*

Ao abrir a embalagem do teste de farmácia, comecei a imaginar como seria a minha vida carregando um barrigão para lá e para cá. Depois rejeitei tão profundamente a ideia que preferi nem pensar mais nisso. Tentei bravamente limpar meus pensamentos de toda e qualquer coisa que pudesse atrair uma gravidez para minha vida. Sabe aqueles pensamentos que temos e achamos que tudo de pior que vem depois foi nossa própria culpa? Que pensamos naquilo e o pior aconteceu? Então limpei minha mente e procurei me manter positiva.

Fiz o exame no banheiro do escritório, escondido, me sentindo uma colegial. Igual a um desses filmes americanos sobre adolescentes, quase sempre líderes de torcida que fazem o teste de gravidez em segredo no banheiro da escola. Mas elas geralmente têm o apoio da melhor amiga. No meu caso, fui premiada com a tagarela da Sarah e seu monólogo incansável a respeito de suas suspeitas sobre minha possível gravidez.

Totalmente desajeitada, consegui fazer xixi, urinar na pontinha daquele negócio. Como não poderia deixar de ser, em se tratando da minha pessoa, molhei também a minha mão, o que me deixou bastante aflita. Eu sei que a urina humana é um ótimo anti-inflamatório, mas, mesmo assim, a ideia de ter contato com a minha urina ou a de quem quer que seja no banheiro sujo do escritório era no mínimo desconcertante.

Minutos aterrorizantes se sucederam e eu cada vez mais ansiosa, mas nem poderia pensar em tomar um ansiolítico antes de saber se aquilo era mesmo verdade ou alucinação da cabecinha cheia de ideias malucas da minha assistente. Um chá talvez fosse uma boa, mas quem disse que consegui convencer a Sarah a ir buscar um para mim? Ela ficou grudada em mim, feito água-viva, louca para ser a primeira a saber da novidade, se é que eu teria alguma. Como as pessoas são alcoviteiras, Deus me livre! E se tivesse? Acha mesmo que eu não disfarçaria? Acha mesmo que contaria para a pessoa mais fofoqueira do escritório antes de contar para o Brian ou para a minha mãe? Nem pensar.

    A angústia ia só aumentando. Cada segundo era uma luta para segurar meus hormônios femininos e a sensação de medo extremo que tomou conta de mim.

    E se for verdade? E se eu estiver mesmo grávida? E se o Brian souber disso? Claro que o Brian vai saber disso. Como eu poderia esconder isso dele? Isso não é uma herpes ou um furúnculo, que dá e passa. É um filho! E o que eu vou dizer para a minha mãe? Ela vai me matar! Vai me chamar de irresponsável e pior, ela vai saber que transo com meu namorado! Ok, admito que isso também já é demais. Claro que minha mãe sabe que eu transo com o meu namorado. Aliás, ela sabe exatamente com quem eu perdi a virgindade.

    Foi no inverno de 2000 para 2001, virada do século, e eu já namorava o Chris Cornel havia mais de quatro meses. Eu só precisava de uma boa oportunidade para fazer aquilo acontecer. Todas as minhas amigas já eram mulheres experientes sexualmente e eu com quase 20 anos e nada! Então resolvi que não entraria no novo milênio como a garota virgem do bairro, e o Chris era o único cara por perto que não me achava esquisita por causa da minha mania de remédios. Então decidi que seria ali mesmo, no carro dele, no estacionamento dos fundos da igreja. Quando cheguei em casa, minha mãe me olhou de um jeito estranho. Eu achei que estivesse escrito no meu rosto que eu não era mais virgem. Foi só depois que minha irmã começou a rir de forma escandalosa que percebi que a camisinha que o Chris havia usado estava agora enganchada no meu cabelo. A reação da minha mãe não foi das melhores, como você pode imaginar, o que me causou uma grande cicatriz emocional, mas isso é outra história.

Finalmente alguma coisa começa a mudar na paleta. Posso ver o aparecimento de uma faixa e (comecei a rezar para que não aparecesse mais nada!) depois outra. Outra? É outra! Tem duas. Tem duas faixas azuis na ponta da paleta de plástico. Como eu já havia decorado as possibilidades de resultado de tanto que li o fundo da caixa, eu sabia o que isso significava: positivo.

– Não! – meu grito ecoou pelo banheiro, fazendo Sarah se manifestar também.

– Então? O que foi? Deu positivo? – ela perguntou com muita excitação em sua voz.

Fiquei meio tonta e precisei de muita força para parecer convincente. Difícil dizer que não, quando na verdade o resultado era sim. Sim. Eu estava definitivamente grávida. O chão se abriu debaixo dos meus pés e eu não queria nada além de deitar na minha cama e esperar nove meses até aquele pesadelo acabar. Ou até que eu acordasse no dia seguinte e percebesse que tudo não teria passado de um sonho. Uma pegadinha de mau gosto, igual àquelas que fazem na tevê. Amanda Loeb foi pega no teste do falso "positivo", se desesperou, todo mundo riu e se divertiu à custa da cara dela, mas depois alguém chegou e disse: "Era só brincadeira, querida, você não está grávida, tudo não passou de uma pegadinha". E eu poderia dar um suspiro de alívio, chorar, rir junto e dar tapinhas nas costas do apresentador ou até mesmo gritar com ele e dizer que ele era um sacana terrível. Mas nada disso aconteceu. Eu continuava no banheiro do escritório com a paleta em uma das mãos e a outra apoiada na porta, segurando não apenas o peso do meu corpo para que eu não caísse como também todas as minhas preocupações.

– Não! Foi como eu disse, não deu nada. Ou melhor, deu negativo. Não estou grávida – eu disse finalmente.

— Ah! Que pena! Você ficaria linda naqueles modelos de calças para grávidas! E os vestidos? Tão lindos! Eu já conseguia vê-la em um macacão daqueles.

Macacão de grávida? Como assim? Essa mulher perdeu o juízo?

— Sarah, você pode voltar para sua estação de trabalho agora. Eu gostaria de ficar um pouco sozinha. Esse susto foi demais para mim!

— Claro! Você quer que eu traga aquele chá agora?

— Deixe na minha mesa, estarei na minha sala em cinco minutos. Obrigada.

Só consegui voltar a respirar quando ouvi o estalo da porta a se fechar. Grávida? Como isso pôde acontecer? Eu tomo pílula todos os dias. Todos os dias. Tentei me lembrar da minha última menstruação, mas não consegui. Talvez tivesse sido há muito tempo e eu nem percebi que minhas regras falharam. Uma confusão de pensamentos tomou conta de mim. Não sei bem como explicar. Não é que eu não queria estar grávida. Não me levem a mal, é que... eu estava com o Brian havia apenas um ano. Um ano. Este era o meu primeiro relacionamento de verdade. Brian e eu nos entendemos muito bem. E o principal: ele me aceita como ninguém jamais aceitou, mas isso é tudo? Quero dizer, isso é suficiente? Você tem de concordar que não é muito tempo, não para eu virar para ele um dia desses como quem não quer nada e soltar: então, outro dia fui comprar leite no armazém e aproveitei, passei na farmácia e comprei um teste de gravidez. Só por precaução, sabe? *Essa é péssima! Quem faz teste de gravidez por precaução?* Então... seu café está gostoso? Você poderia me passar o adoçante? Ah... você poderia me dizer se adoçante faz mal ao feto? É que... bem... eu estou grávida. Antes mesmo que eu terminasse de pronunciar a frase toda, eu já poderia ouvir o barulho da xícara que ele segurava se estatelando no chão.

Estou encrencada. Irremediavelmente encrencada. Isso é pior que daquela vez que me encrenquei por ser pega fumando maconha no alojamento da universidade. Quase fui jubilada! Fiquei apavorada, mas minha melhor amiga na época, a Debby, era extremamente rebelde, ou suficientemente burra, e assumiu toda a culpa. Disse que a maconha era só dela e que estava pouco se importando se fosse jubilada. Por sorte o pai dela era um dos grandes mantenedores, doava quantias consideráveis de dinheiro todos os anos ao departamento de esporte. Depois de muita pressão para ela ser transferida, eles se conformaram e deram a ela uma punição menor. Mas e agora? Quem poderia levar a culpa por mim? Será que alguém poderia dizer ao Brian que está grávida dele no meu lugar? Como vou lidar com isso? Eu sou louca! Tenho nosofobia. E se isso for hereditário? E se passar pelo DNA? E se eu tiver um bebê hipocondríaco também? Nenhum bebê merece nascer carregando uma carga dessas.

E desabei. Quinze minutos de choro no banheiro, até que Sarah veio me interpelar novamente. Consegui enrolar e dizer que foram muitas emoções para um só dia. Fui para a minha sala, peguei a minha bolsa. Pedi que ela desmarcasse os meus compromissos daquela tarde e da manhã seguinte e fui para casa. Não sabia exatamente o que fazer, mas sabia que precisava de um tempo sozinha para digerir o resultado indigesto do exame de gravidez. E graças a todos os santos juntos, aquela noite seria excelente para aquilo. Brian estava em uma feira para degustação de vinhos na Califórnia; antes de voltar, porém, ele seguiria para a Europa e passaria dois dias em Paris. Eu tinha alguns poucos dias para pensar em tudo e decidir como e quando contaria a ele.

A coisa é que, neste momento, só consigo pensar em uma coisa. EU QUERO A MINHA MÃE!

16

Uma vez li um artigo na *Vogue* chamado "Seja objetiva e conquiste o mundo". Pois bem, o artigo dizia que é fácil sair das encruzilhadas da vida. Registre seus objetivos, a forma de alcançá-los e depois *voilà*, os resultados serão alcançados.

Então pensei: "Está vendo, Amanda, tudo na vida é questão de mirar nos objetivos certos e não deixar que as distrações (leia: a hipocondria) atrapalhem você". Desde então tenho tentado fazer exatamente isso. Ser objetiva, passar a mensagem e virar a página. Não sei bem por que, mas o fato de ter de contar a meu namorado que estou grávida de quase dois meses trouxe esse artigo do fundo da minha memória.

Tudo é muito simples, eu acho. Siga a fórmula e tudo acabará bem.

Primeiro trace o objetivo: contar ao Brian que estou grávida de uma maneira que ele não fique muito irritado. Se eu conseguir convencê-lo a não me deixar, melhor ainda.

Segundo: como farei isso? Boa pergunta. Não faço a menor ideia. O artigo dizia que devemos ser objetivos, sucintos e diretos. Vale até ensaiar um pouco antes de começar o discurso.

Antídoto

Mas acho sinceramente que faço mais o gênero metralhadora descontrolada, disparando palavras aleatórias e frases sem sentido para todos os lados, esperando que como por milagre ele entenda tudo e não faça perguntas. Especialmente perguntas difíceis do tipo: "Mas como isso pôde acontecer?" *Não sei! Eu também não sei.*

Terceiro: não passar mal, não fazer drama usando a minha saúde frágil e conseguir convencê-lo de que nada disso foi minha culpa e que ele não pode me deixar.

É. Acho que todos os passos estão muito claros. O problema é que colocar o plano em prática me dá calafrios. Acho que estou com febre, e se eu ficar doente, terei de adiar o momento de contar a ele.

Está bem! Sei que estou sendo covarde, mas quem pode me culpar por isso? Você já teve de contar a seu namorado que estava grávida? E que tudo aconteceu sem você desejar? E que está desesperada? Não?! Sorte sua!

Ensaiei o discurso a tarde toda. Quando ele chegou, eu já estava exausta e sonolenta. Essa coisa de gravidez é estranha mesmo. Eu vivo com sono, apesar de dormir mais de oito horas por noite, o que antes era suficiente. Cheguei até a pensar que estava sofrendo de alguma síndrome do sono, mas como estou proibida de pesquisar novas doenças no Google, tive de me conformar com a informação da obstetra que consultei dois dias atrás. Sei que também estou proibida de fazer consultas médicas; entretanto, essa foi extremamente necessária. Eu tinha de confirmar essa história toda de gravidez. Afinal, eu precisava de uma folha de papel para provar ao Brian que não estou delirando. Pois vamos combinar: com meu histórico hipocondríaco, quase que nem eu mesma acredito no que está acontecendo.

Quando ele abriu a porta, estava radiante, sorridente e com semblante exalando alegria.

– Adivinha? – ele disse, sorrindo. Um sorriso lindo, largo, com dentes muito brancos.

– O quê? O que aconteceu? – perguntei com alguma hesitação.
– Anabelle acabou de me ligar.
– Ah, ela... Sei... e o que ela queria?
– Ela queria me dar uma ótima notícia.
Ele estava tão alegre! Enquanto ela ligava para dar uma ótima notícia, eu tinha uma bomba para jogar no colo dele, literalmente falando.
– O que foi? O que aconteceu de tão maravilhoso?
– Os fiscais da vigilância sanitária foram hoje ao Le Antique Paris e adivinhe só...
– Ahã...
– Eles deram! Eles deram a liberação da primeira parte da obra na cozinha. Anabelle disse que eles adoraram...
– Ah, ela disse, foi?
– Não é ótimo? Eu já estava preocupado com isso. Nós não poderíamos finalizar as obras da cozinha sem que eles nós dessem a permissão. É como eu expliquei outro dia. Primeiro eles aprovam a planta, depois verificam os equipamentos, posicionamento dos armários, fogões, pias e tudo mais. Só então eles liberam a autorização para a instalação dos plugues e saídas de gás. E então...
– Sei... parabéns! Que bom que tudo está dando certo por lá.
– É! Anabelle é mesmo perfeita!
Ah! Isso não! Ele precisa mesmo falar assim daquela francesa de pernas finas? E quanto a mim? Eu que sou a mulher dele, ou quase. Que sou mãe do filho dele! Tudo bem que ele ainda não sabe. Mas tem alguém aqui nessa sala precisando de amor, compreensão e algum carinho também e esse alguém certamente não se chama Anabelle.

Foi justamente nessa hora em que meus pensamentos estavam sobrevoando outros territórios, bem longe de Paris, que meu querido namorado, Brian Marshall, percebeu que eu não estava tão bem e feliz quanto deveria.

– O quê foi? Amanda, está tudo bem com você? – ele perguntou com ar preocupado, completamente diferente do homem que havia passado pela porta cinco minutos antes.

– É... eu estou bem, mas... preciso conversar com você sobre uma coisa que aconteceu...
– O quê? Você está bem. Estou vendo que não tem nada a ver com sua saúde, não é mesmo? Amanda, por favor, não vamos começar. Você prometeu se controlar.
– Eu sei, eu me controlei, mas... uma coisa aconteceu e eu preciso te contar.
– Então conta!
– Calma. Isso não é tão simples assim... Olha... eu...
Eu preciso contar! Eu preciso contar! Eu preciso contar! Vamos, Amanda! Meta! Foco! Lembre-se do artigo "Seja objetiva e conquiste o mundo!". Vamos, Amanda! Fala logo! Fala!
– Eu estou grávida! – disparei.
O silêncio que seguiu minha fala era assustador. O espaço de tempo que se passou até uma reação de Brian durou mais ou menos dez segundos que pareciam horas. Primeiro ele ficou sério, com o rosto congelado. Depois me olhou e franziu a testa, como se esperasse que eu dissesse algo ou apenas repetisse a notícia. Mas não consegui. Dizer aquilo em voz alta uma vez já era demais para mim. Então preferi entregar para ele o resultado do exame dobrado em duas partes.
Ele pegou o resultado e, ao contrário do que pensei que faria – desdobrar o papel, ler e reler várias vezes o exame até se convencer de que aquilo tudo não era uma brincadeira de mau gosto –, depositou o papel no braço do sofá, levantou-se, passou as mãos pelos cabelos, respirou fundo, colocou as mãos na cintura e, quando eu já estava preparada para começar a chorar e não parar mais, ele finalmente caminhou até mim, puxou minha mão, me fazendo levantar do lugar onde eu estava sentada, e carinhosamente me abraçou. Ele não disse uma palavra, mas eu sabia que havia aceitado. Ou pelo menos não havia rejeitado a ideia de ter um filho comigo. O que a essa altura já era muito.

17

— Eu te amo! – foi a primeira coisa que ele disse quando acordamos na manhã seguinte.

Fiquei aliviada por conseguir conversar sobre tudo e esclarecer que não tive a intenção de provocar aquela situação. Na verdade, eu nunca havia me visto no papel de mãe. Não estava nos meus planos.

Desde que meu pai morreu com um tumor no cérebro, quando eu ainda era pequena, a hipocondria roubou uma parte importante da minha vida. Grande parte de mim não estava preparada para amar incondicionalmente. Sempre senti muito medo de não conseguir amar e me dedicar a um filho como a criança merecia. Mas Brian fez questão de dizer que sim, eu seria capaz e tudo ficaria bem.

Essa era a minha frase favorita no mundo, quando meu namorado dizia "tudo vai ficar bem", e senti que mesmo que coisas horríveis acontecessem, ele jamais me deixaria sozinha. E isso era muito bom.

Naquele dia eu não ia trabalhar. Contei a ele que entre os meus planos estava ir a uma consulta médica e fazer o exame oficial. Aquele que confirmaria para o mundo que eu estava realmente grávida. Apenas para constar, pois eu já tinha total certeza. O segundo ponto importante do meu dia seria contar para minha mãe e também para minha irmã que elas seriam avó e tia, respectivamente. Ele me perguntou se eu me sentia segura para fazer isso sozinha ou se gostaria de ter o apoio dele nessa hora. Mas eu disse que sim e ele foi tranquilo trabalhar. Porém, bastou ouvir o barulho da porta batendo para que toda a minha confiança desaparecesse quase instantaneamente.

Tudo bem! "Amanda Loeb, você está no controle", eu pensava. "Não precisa ficar apavorada. Tudo que está acontecendo é normal. Coisas do mundo dos adultos e você é uma mulher adulta e pode lidar com tudo isso. Como é sabido, você tem um namorado. Um namorado lindo! Tem uma vida sexual (claro, com aquele namorado lindo, como não teria?) e essas coisas acontecem com quem tem uma vida sexual, não é mesmo?" *Não! Não! Não! A quem você está querendo enganar? Essas coisas só acontecem com quem tem um namorado lindo, uma vida sexual e é estúpida! Sim! Sim! Pois só sendo muito estúpida uma criatura pode ser uma hipocondríaca em recuperação tão focada em se recuperar que esquece até mesmo de tomar a pílula anticoncepcional! A PÍLULA ANTICONCEPCIONAL!* Eu... sou... mesmo... aaaaiiiii... (chorando de soluçar) como sou estúpida! (Agora eu chorava copiosamente.)

Durante a minha vida toda fui a pessoa mais precavida que conheci. Tomava pílula, usava camisinha extragrossa (adoro) e nunca imaginei a possibilidade de gravidez. Tinha medo de tudo. Gonorreia, herpes, aids, sífilis e outras. Cansei de fazer exames, mesmo quando não tinha contato sexual com ninguém. Mesmo quando achei que estava sofrendo de frigidez e resolvi por conta própria que deveria fazer testes e verificar o que havia de errado com a minha vida sexual. Exames preventivos, às vezes até tratamento preventivo, como todos sabem. Se isso existe? Claro que não, mas isso era um detalhe e desde quando um detalhe poderia ser forte o suficiente para me convencer de que eu não precisava de um tratamento?

Lembro de uma vez que cismei que a sífilis estava me consumindo. Eu era portadora do vírus e estava contaminando o mundo com a doença, *mesmo usando camisinha em todas as minhas relações e quase não tendo relações sexuais (detalhe)*. Na minha cabeça, assim como no século passado, a sífilis faria milhões de vítimas só nos Estados Unidos, e a culpa seria toda minha. Tudo começou quando meu vizinho – não o Brian, um outro vizinho – foi diagnosticado com a doença. O maior contato que tivemos foi compartilhar o mesmo ar dentro do elevador. Mas quem consegue botar na minha cabeça que isso não é suficiente para a contaminação? Refiz meus passos dias antes, entrando com ele no elevador, e concluí que coloquei a mão em cima da dele, tocando-o, quando tentamos apertar de forma conjunta e sincronizada o botão do elevador. Essa lembrança foi repassada várias vezes em câmera lenta na minha mente. Deus do céu, pare o mundo que não consigo respirar! Só de pensar eu perco o fôlego! Daí você já pode imaginar. Exames de sangue, seguidas consultas a minha ginecologista e os sintomas aumentando ("mas que sintomas?", você deve estar se perguntando), aumentando, aumentando. Até o dia em que fui fundo em minhas pesquisas e descobri que a sífilis é assintomática nas mulheres. Esse fato, mais o resultado negativo dos exames, me deu algumas semanas de paz novamente.

Mas agora a coisa era um pouco mais séria. Eu tinha feito um exame de farmácia e o resultado havia sido positivo.

Positivo! Como vou lidar com essa agora? Com os pensamentos pegando fogo, só consegui pensar em uma coisa: marcar uma consulta médica o mais rápido possível. Eu precisava de um HCG e a confirmação, ou não, da minha suposta gravidez. Liguei para a Dra. Keyes e agendei a coleta do sangue. Liguei para a minha mãe e fui.

Encontrei mamãe meia hora antes, em uma lanchonete em frente ao consultório da minha médica. Eu ainda não havia contado. Como contar a sua mãe que você engravidou sem querer aos 30 anos? Sei que você deve imaginar que por minha mãe ter um namorado médico e ser muito compreensiva com as minhas muitas supostas doenças e meus ataques, provavelmente ela deve ser muito moderninha e não vai se importar. Pois bem, você acertou!

Fiquei pasma. Sempre achei que ficar grávida sem estar casada legalmente seria um drama familiar digno de expulsão do membro da família. No caso, eu ou minha irmã. Mas como Lauren também casou grávida, e não foi expulsa mesmo depois de ouvir o maior sermão que já vi minha mãe passar em alguém, as coisas foram realmente simples para mim.

– Grávida! Graças a Deus! – disse ela, levantando as mãos para o céu.

Confesso que até agora não entendi. Minha mãe, além de moderninha, também é maluca. Já sei a quem eu saí, não há mais dúvidas.

Mas deixa eu explicar. Na cabeça dessa senhora que chamo carinhosamente de mamãe (pois ela é minha mãe) passa uma ideia fixa de que todas as minhas neuras acabarão no dia em que eu tiver algo realmente sério para me preocupar. Como se meu trabalho e meu namorado não fossem assunto suficiente. Entretanto, a felicidade da minha mãe vem da esperança de que minha nosofobia acabe no dia do parto. Parto? Meu Deus, quem disse parto? Que palavra mais amedrontadora! Vamos mudar de assunto?

Chegando ao hospital, não conseguia parar de pensar em toda a situação enquanto mamãe ostentava um sorriso abobalhado no rosto. Pelo amor, ela perdeu o juízo? Claro que sim. No dia em que resolveu se casar com o Dr. White, meu ex--médico monstro, mas isso é outra história.

– Mamãe, será que você poderia parar de sorrir? Estou aterrorizada!

– Querida, não tenha medo. Ser mãe é a melhor coisa que poderia lhe acontecer. Ser mãe é padecer no paraíso, não é mesmo?

Isso vindo dela não poderia nem ser chamado de piada, era ironia pura mesmo. Com uma pitada de maldade também, é claro.

18

Assim que a Dra. Keyes apareceu na porta entreaberta, chamou meu nome e acenou para que eu entrasse.

— Olá, Amanda, como você está? Já resolveu seu caso de frigidez?

Ela tinha de perguntar isso na frente da minha mãe? A pobre ficou olhando pra mim absolutamente constrangida. E eu fiquei vermelha e com vontade de fugir.

— Já. É... quer dizer... eu fiz o que você recomendou.

A recomendação dela, se bem me recordo, foi estimulação das zonas erógenas, ou seja, masturbação. E lembro que paguei uma fortuna em consultas e exames por esse conselho.

— Mas o que me trouxe aqui hoje é outro assunto. Acho que estou grávida.

Como era de se esperar, ela não acreditou. Achou que era mais uma das minhas crises hipocondríacas.

— É sério! — insisti. — Eu não me lembro da data da minha última menstruação. E mais! — gritei e prossegui: — Não paro de vomitar, o que me causou um problema sério no trabalho e daí

a Sarah, que é a pessoa mais linguaruda do mundo e também minha assistente, percebeu que havia algo errado. Justo a Sarah, você sabe o que isso significa? Bem, posso dizer o que isso significa: a Sarah vai contar pra todo mundo que estou grávida. Quer dizer, ela não tem certeza, pois ainda não confirmei para ela, sabe? Também quem confirmaria? Ela é uma linguaruda!
— Amanda, vamos direto ao ponto — disse minha mãe com certa impaciência.
— Ah, tá! Então a Sarah insistiu tanto que havia algo errado, que resolvi fazer um teste de gravidez desses de farmácia. E adivinha o quê? Pois é... POSITIVO!
Ao final do meu relato, até a Dra. Keyes pareceu meio assustada. Claro que isso era por causa da Sarah. Ela também não gostaria de ter uma assistente linguaruda, com certeza não.
— Tudo bem, Amanda. Faremos algo bem simples: um exame de sangue e se der positivo, começaremos o pré-natal.
E foi assim que tive minha primeira lista de exames do pré-natal e a consulta marcada. O que me perturbou imensamente, levando-me a pensamentos caóticos como havia muito tempo eu não tinha a respeito da minha saúde. Mas agora não se tratava mais de mim. Era com o bebê que eu me preocupava.
Será que o meu bebê era saudável? Será que a quantidade de medicamentos que já tomei durante toda a minha vida faria algum mal ao meu bebê? Acho que toda mulher desenvolve preocupações com relação ao futuro filho ou filha, mas no meu caso era tudo mais complicado. Eu sou hipocondríaca e, como tal, não paro de pensar em doenças e coisas assim. Enquanto outras mães estão pensando em ter filhos perfeitos, com todos os dedos, peço a Deus um bebê saudável! Mas como? Eu nem sei se é verdade, mas outro dia li um artigo na *Universal Medicine* que suspeitava que a nosofobia é uma doença transmitida geneticamente. E se isso for verdade? Meu bebê está sentenciado a uma existência como a minha?

Só de pensar nessa possibilidade, meu estômago gemeu e fiquei com medo de ter outro acesso de vômito. Isso está começando a ficar ridículo.

Assim que recebi a enorme lista de exames, fui fazê-los o mais rápido possível. Com a senha para acessar os resultados em mãos, virei a visitante mais *habitué* do site do laboratório. Resultado pronto, fui checar item por item. Eu não tinha imunidade em relação à toxoplasmose (o que era muito estranho). A toxoplasmose é uma doença que, quando adquirida durante a gravidez, pode causar muitos danos ao bebê. Mas tudo bem, pensei, já que só pegamos essa doença através de cocô de gato, certo? Eu não tinha certeza, então é lógico que fui pesquisar e... ERRADO! Descobri, graças ao salvador da minha saúde frágil, o Google, outras milhares de maneiras de pegar a doença. Comendo carne mal cozida, ovos mal cozidos ou crus ("quem come ovos crus?", você deve estar se perguntando; também me fiz essa pergunta e, se você come musses de chocolate, maracujá ou outras delícias como essas, ou ainda sorvetes caseiros, eis uma péssima notícia: você come ovos crus), e foi então que minha saga de super híper grávida hipocondríaca começou. Aqui eu só vou contar um dos episódios. Episódios é como chamamos lá no H.A. nossas crises e recaídas.

Outro dia Lauren e eu estávamos fazendo compras para o enxoval do bebê. Por mais que eu insistisse que ainda era muito cedo para pensar nessas coisas, Lauren não desistiu. Dizia repetidamente que a parte mais legal de se saber que está grávida era justamente ter autorização do marido, no meu caso namorado, para fazer compras à vontade. E que isso só era possível antes de a criança nascer, pois depois disso eu não teria mais tempo pra nada mesmo, então a coisa toda meio que perdia a graça.

Então eu concordei, nunca se sabe. Quando sua irmã mais nova, porém muito mais experiente que você, lhe diz algo, você deve dar um crédito de confiança a ela.

Antídoto

Durante todo o dia eu parecia um camelo no deserto, vivia com sede. Em uma das dezenas de paradas que implorei para que fizéssemos para usar o banheiro e beber água, paramos em um carrinho desses que vendem cachorro-quente e estão por toda Manhattan. Como sempre, torci o nariz, pois nosofóbica assumida que sou, uma das minhas regras número um para evitar doenças é justamente essa: nunca comer na rua. Mas Lauren me convenceu.

– Amanda, por favor! É apenas uma garrafinha de água mineral. E é da mesma marca vendida em bares e restaurantes da cidade. Seja razoável.

Veja bem, a vida é mesmo uma questão de perspectiva. Razoável para mim é não comprar nem mesmo água mineral em um lugar de higiene duvidosa como esse. Já para minha irmã caçula...

Concordei com aquela insanidade mesmo sabendo que me arrependeria profundamente. E não deu outra.

Após engolir 500 ml de água em alguns segundos, nunca senti tanta sede na vida. Só quem já esteve grávida sabe que sede é essa. Mas só depois de sugar toda a água de dentro da garrafa foi que me dei conta: bem perto da boca tinha uma mancha estranha, uma sujeira marrom. Mas como? A água era de marca confiável. É, mas a procedência era duvidosa.

Imediatamente comecei a surtar. Cheirei aquela sujeira discretamente, para Lauren não perceber. Mas ali o caos já estava armado. Na minha cabeça aquilo só poderia ser uma coisa: cocô. Era cocô de gato e com CERTEZA eu estava com toxoplasmose e meu bebê também.

O resto do dia foi um inferno para a Lauren; eu estava vivendo uma tragicomédia grega de preocupação e autocomiseração. Sou uma mulher inteligente e como tal eu sabia que a chance de acontecer algo assim era remota, mas meu lado hipocondríaco estava completamente fora de controle. Voltei para casa e não conseguia parar de pensar nisso.

Quando Brian chegou naquela noite, eu o fiz cheirar a garrafa também e jurar que eu estava errada. Tudo na tentativa de minimizar minha preocupação. Mas isso de nada adiantou.

Passei o resto do sábado me lamuriando, afinal eu estava com toxoplasmose. O estrago estava feito e ninguém poderia ajudar a mim ou ao meu bebê. Então, de posse da garrafa e só para confirmar a legitimidade do meu sofrimento, resolvi visitar o ambulatório perto do nosso apartamento. Eu tinha de fazer um exame – sim –, sem nenhum pedido médico. No domingo pedi ao Brian que me acompanhasse ao laboratório, como quem pede algo no bar da esquina, falei: "Me vê um exame de toxoplasmose IGG e IGM, por favor?". Novamente com a senha do resultado nas mãos, eu me tornei a principal visitante do site do laboratório. De dez em dez minutos eu estava checando se já tinha o resultado. Entretanto, foi só dois dias depois (isso mesmo! Dois dias! Também acho isso um absurdo completo) que o resultado estava lá:

Sorologia para toxoplasmose
IGG – não reagente
IGM – não reagente

Só aí pude finalmente ter uma noite de sono outra vez e percebi, no meio daquela angústia, o que minha mãe ironicamente quis dizer com: "Ser mãe é padecer no paraíso". Pois sim! Mas no final tento lembrar das palavras doces de Brian: "Tudo ficará bem!".

19

Casar? Ma... ma... mas como assim, casar? Eu não posso casar! Tudo bem que meu relacionamento com o Brian é ótimo, estamos felizes e tudo mais, mas... casar? Isso é mais sério que cirurgia cardíaca! E se tem uma coisa da qual eu quero ficar bem longe é de um cardiologista. Não quero nem pensar em alguém abrindo meu peito e colocando meu coração para fora do meu corpo! Isso nunca! Sou hipocondríaca, mas tudo tem limite nessa vida. Até para ser maluca! E casamento? Essa é outra ideia que não combina com meu estilo, entende?

As coisas estavam indo tão bem! Eu mal podia acreditar. Nós estávamos mais próximos do que nunca havíamos estado antes. Passávamos mais tempo juntos. Ele diminuiu as idas para Paris. Delegou trabalho para a Anabelle e parecia empolgado com as mudanças que estávamos fazendo no apartamento.

Enquanto isso, meus dias eram divididos entre o trabalho e as grosserias de Josh, que fazia questão de ser um chefe torturador. Nem mesmo com a notícia da minha gravidez ele aliviou. Acho que foi exatamente o contrário: ele se tornou um tirano.

Fazia questão de dizer que eu não teria regalias por ser uma mulher carregando uma criança.

— Nos países subdesenvolvidos, as mulheres têm seus filhos dentro das fábricas, sabia, Amanda? Muitas delas nem mesmo têm tempo de chegar ao hospital e os filhos nascem ali mesmo, em cima da linha de produção.

Sempre que ele dizia algo assim, eu começava a me imaginar tendo meu bebê ali mesmo, na minha sala. Com as pernas abertas nos braços da minha cadeira de couro macia e com Sarah como parteira. Depois de algum tempo, esse pensamento passou a me assombrar. Cheguei até a sonhar com isso algumas vezes.

Fora isso, tudo estava bem. Brian e eu estávamos completamente sintonizados. Pelo menos era o que eu pensava, até o dia da surpresa.

Era 16h40 de uma quarta-feira e eu ainda estava trabalhando com o tirano quando meu BlackBerry sinalizou a entrada de uma mensagem. Como de costume, cheguei imediatamente. Era ele, propondo um jantar especial. Cheguei a pensar se era o aniversário dele, mas descartei a ideia rapidamente. Eu sou doente, mas isso não inclui falha de memória. Topei o jantar, é claro.

Saí do trabalho e passei em casa para me arrumar. Apesar de estar com três meses e meio de gravidez, minha barriga estava pequena e quase todas as minhas roupas, especialmente os vestidos para jantares e coquetéis, ainda me serviam. Coloquei uma saia da Miu Miu, uma blusa de babado da Maximara, sandália de dedinho com fivelas douradas e fui ao encontro do meu amor.

Na entrada do restaurante, pude ver a moto dele estacionada. Ele havia chegado. Não me surpreendi; afinal, uma das qualidades do Brian é ser pontual. Tudo bem. Eu sei o que você está pensando. Meu namorado é o Sr. Perfeito. Eu também acho isso irritante, mas o fato é que ele é assim mesmo.

Assim que entrei no Jacques, restaurante francês, que fica ali no número 20 da Prince, algo estranho aconteceu. Algo que denunciaria que a minha surpresa seria maior do que eu gostaria que fosse.

A recepcionista olhou para mim como se já me conhecesse e perguntou:

– A senhora é Amanda Loeb, não é? – *Ela estava toda animada, o que me causou certa desconfiança.*

– Sou sim, você me conhece?

– Não, senhora, mas estamos esperando por você.

– Esperando por mim?

– Sim, senhora, me acompanhe, por favor.

Acompanhei sem reclamar, mas assim que entrei, levei um susto enorme. O pequeno salão do restaurante estava repleto de flores e nenhum cliente, com exceção... bem... você já deve imaginar.

Caminhei para o fundo do salão onde Brian estava a minha espera. Ao lado da nossa mesa havia um balde de gelo com uma garrafa de champanhe (das mais caras) dentro. Desde que descobri que estava grávida tenho evitado bebida alcoólica, mas a Dra. Keyes autorizou que eu bebesse uma taça ou duas em ocasiões muito especiais, e Brian sabia disso. Então presumi que algo especial estaria sendo comemorado naquela noite, e lá no fundo eu fazia uma vaga ideia do que ele estava planejando.

Sentei e passei a rezar em pensamento para que aquilo não fosse o que eu estava imaginando. Meu rosto estava vermelho e comecei a tremer. Implorava em pensamento para que aquilo não fosse exatamente *aquilo*.

Mas minhas rezas de nada adiantaram. Quando bati os olhos em uma caixinha de veludo preta no centro da mesa, tive a confirmação de tudo que eu gostaria de ter evitado.

Brian pegou a caixa, ajoelhou-se aos meus pés e disse a frase que eu não estava preparada para ouvir:

– Amanda Loeb, você quer se casar comigo?

Casamento? Mas por quê? Qual é a necessidade que tínhamos de tudo aquilo? Nós já havíamos conversado e eu pensei ter

Antídoto

sido clara quando disse que não estava preparada para aquele momento. Casamento por convenção social. Por essa eu não esperava! Trocar votos em público apenas para garantir que meu bebê não seja acusado de ter nascido de uma mãe pecadora? Em que século estamos vivendo mesmo? E por que eu preciso da aprovação do porteiro? Já não basta a minha família adorar o Brian? Minha mãe ter dado graças a Deus por eu ter jogado a honra da família no lixo? Minha melhor amiga é louca pelo meu namorado também. Minha mãe acha que ele é um anjinho caído do céu para me salvar. Minha sobrinha Sophia é completamente apaixonada por ele. Até minha prima Margo, após conversar longamente com Brian em uma dessas terríveis reuniões de família, sentenciou: "Você parece um bom rapaz. Espero que você saiba onde está se metendo. Amanda é capaz de levar até a mais equilibrada das criaturas à loucura. Mas acho que você dá conta". Isso é tudo. Não preciso de um anel para ser feliz. Não preciso.

Claro que todas essas avaliações positivas e a aprovação da minha família eram importantes. Mas a questão fundamental não era o Brian. Que ele é bom caráter, eu sei. Que ele é paciente, generoso e sempre segura a minha mão em momentos de crise, eu também sei. Mas será que meu discernimento romântico era digno de confiança? Quer dizer, casar com um cara bacana como o Brian seria uma honra para qualquer mulher sensata. Mas está aí a chave de todo o problema. Sensatez é algo que me faltou a vida toda. Será que não era chegada a hora de eu ter um pouco? Sou uma mulher inteligente, apesar de muitos pensarem o contrário. Sei o que quero e o que não quero para a minha vida. Casar com ele seria uma honra para mim também, mas eu gostaria que isso acontecesse pelos motivos certos, entende? E uma gravidez indesejada não é o que podemos chamar de motivo certo.

Nunca quis ser mãe e tampouco tive certeza de que queria me casar. Mas sempre achei que um dia eu teria o tipo de relação que gostaria que evoluísse para um casamento. A relação perfeita, em minha opinião, é aquela em que não há espaço para brigas e discórdia. Em que há apoio mútuo, amor incondicional. Em que o casal partilha as mesmas opiniões e quer envelhecer da mesma maneira, juntos em um lugar qualquer. O lugar não é realmente importante, desde que estejam juntos. E quando finalmente um dos dois fechar os olhos para sempre, este terá certeza de que o outro que ficou saberá exatamente o que deve fazer. Apesar de achar que minha relação com Brian seja algo muito próximo disso, havia apenas um detalhe me incomodando: estaria eu prendendo um homem apenas pelo seu senso de responsabilidade?

Tenho certeza do amor do Brian por mim. Aliás, o amor que ele sente por mim é do tipo mais generoso. Aquele tipo de amor que aceita o outro exatamente como ele é. Pacote completo, com todos os defeitos, as chatices, as estranhezas e, no meu caso, a hipocondria. Eu também o amo tanto! Amo até perder o fôlego. Amo até flutuar. Dói só de pensar em não tê-lo em minha vida. E é por causa desse amor que tenho de protegê-lo e muitas vezes isso significa protegê-lo de mim, das minhas "muitas prováveis doenças" e das minhas paranoias. E por esse motivo...

– Eu sinto muito – eu disse, enquanto as lágrimas brotavam dos meus olhos –, mas não posso me casar com você.

20

Nem parei para pensar. Mas pensar em quê? Nas loucuras que cometi nas últimas semanas com a única pessoa que não merecia? Pensar nas coisas que disse para afastar o único homem que já amei na vida? Nas minhas neuras, na minha teimosia, na minha insanidade desenfreada ou em todo o sofrimento que causei a ele? Eu fui má. *Sou culpada, meritíssimo! Aceito a pena que me for imposta! Mas em minha defesa tenho o fato de que sou uma mulher grávida e DOENTE! Nunca se esqueçam disso! Errei por medo de ter ao meu lado um homem que ficasse comigo por piedade, obrigação, senso de responsabilidade e não por amor.* Desprezei o amor que ele me ofereceu. Afastei-o da nossa filha, tudo bem, nossa filha é ainda um feto, mas mesmo assim. Afastei-o de acompanhar a gestação da nossa filha, seja lá o que isso significa, pois todos sabem que nos primeiros três ou quatro meses de gravidez as mudanças no corpo da mulher (pelo menos no meu caso) são mínimas. Mas eu não tinha o direito de privá-lo disso, não tinha. Nossa filha... Uma menina. Uma bênção. Um presente de Deus, como minha mãe me disse, mas que eu nem sei se mereço. *A julgar pela forma como venho tratando Brian nesses últimos tempos, com certeza Deus não deve estar muito feliz com minhas atitudes.* Mesmo assim, ele me deu uma menina. Meu presente, meu bem mais precioso agora. De hoje em diante eu juro, juro mesmo, pode acreditar que vou me controlar. Vou pensar antes de agir, não serei mais essa máquina ansiosa de contradições e explosões emocionais. Se bem que muitas das minhas explosões emocionais vêm justamente do fato de eu estar grávida, o que é muito contraditório. Mesmo assim vou tentar me controlar, do mesmo jeito que consegui controlar minha hipocondria, ou quase, também vou controlar meus nervos e ouvir mais meu coração. Afinal, é só uma gravidez, não é? Quantas mulheres passam por isso todos os dias? Acaba em nove meses e depois será tudo maravilhoso, não é verdade?

Não. Nem tentem me enganar. Eu sei que estou me iludindo. Depois as coisas tendem a piorar. Não poderei proteger a minha filhinha querida desse mundo insano. Os predadores do planeta estão agindo rápido demais. E a crise econômica mundial? Minha filha pode nunca vir a saber o que é ter um emprego. Ou pior. Ela pode nascer à beira da Terceira Guerra Mundial. Só essa ideia já é muito assustadora. Porém, tem mais: a violência, os políticos corruptos, os países pobres da África e da Ásia e tudo mais. O mundo é um lugar hostil para uma menininha. Jesus, me socorre! Estou sentindo aquela pressão no tórax novamente. O que vou fazer? Não estou preparada para deixar minha filha nascer! Mas tudo bem... respira fundo, Amanda. Calma! Você tem problemas mais urgentes para resolver. Tipo: tirar o pai da sua filha da cama de uma francesa sem-vergonha, uma destruidora de lares. Respire!

Onde eu estava com a cabeça? Onde? Em Vênus? Seja lá onde for, minha cabeça agora está onde sempre deveria ter estado: focada na minha relação com o pai da minha filha.

Minha filha! Quase nem consigo pronunciar isso. Soa... sei lá... louco? Eu jamais havia imaginado ter um filho. Nunca me senti capaz de cuidar de mim mesma, então como poderia cuidar de uma criança? Mas agora tudo parece diferente. Avancei alguns estágios hoje. Não posso dizer que não estou assustada. Já deu para perceber o quanto estou. Sim, estou e muito! Só o cara lá de cima e meu coração que, preciso dizer, está muito pequeno depois que vi no ultrassom a imagem da minha filhinha se movendo; na verdade, tudo parecia um imenso borrão, mas sei que era meu bebê. O médico me garantiu que era meu bebê e pela primeira vez na vida concordei com um médico sem questionar. A maternidade é mesmo uma coisa muito doida. Até chorei! Ando muito emotiva desde que isso tudo começou. Ah, o quanto eu quero fazer tudo certo! Quero ser boa mãe, como minha mãe é para mim. Como Lauren é para Sophia. Lauren é perfeita. Sophia é a criança mais feliz que conheço. Quero muito ser assim.

Quero dar tudo a ela, mas principalmente quero transformá-la em uma pessoa boa, normal, alegre e muito amada. E como eu faria isso sem o pai dela por perto? Como dizer a ela que não quis me casar com ele por pura covardia? Seria mesmo esse o exemplo que eu queria dar a ela? Não! Minha filhinha merece muito mais. Ela merece um lar feliz. Merece uma mãe que não tenha depressão pós-parto. Por favor, meu Deus, me permita não ter depressão pós-parto. Outro dia ouvi um relato que me deixou desesperada. Uma mãe que sofria dessa doença matou os filhos (o recém-nascido e mais duas crianças pequenas) e depois saiu com a camisola ensanguentada pelas ruas de Tampa, na Flórida. Mas não posso pensar nessas coisas agora.

Minha filha merece ter o Brian por perto. Não apenas porque ele é o pai dela, mas porque ele é a pessoa mais incrivelmente generosa que já conheci em minha vida. Tenho de consertar as coisas para ela. Na verdade, tenho de consertar as coisas por nós duas. E vou fazer. Custe quantos – *que falta me fazem meus ansiolíticos em uma hora como essa*! – florais e gotinhas homeopáticas isso me custar. *Amanda Loeb, quem te viu, quem te vê.*

Só para ter certeza de que estava fazendo a coisa certa, resolvi ligar para a Julia e para o Mark, em uma conferência via BlackBerry.

– Preciso saber o que vocês acham.

– Uma menina! – Julia gritou.

– Que maravilha! Não vejo a hora de ensiná-la a se vestir e se maquiar. Ela vai ser mais fashion que a Suri Cruise – disse Mark com a euforia de sempre.

– Será que vocês dois podem se concentrar no meu problema? – eu disse, visivelmente irritada.

– Que problema, Amanda? Nós sempre te dissemos que seu problema é você mesma. Sua mente delirante é sua maior inimiga! – Julia arfou com impaciência.

– Se joga, amiga! Esse homem é seu! Sempre foi. Vai lá e mesmo que você tenha de rasgar a cara daquela francesa magrela, traga seu homem de volta! – Mark disse definitivo.

– Uma menina! Eu queria ter uma menina. Você vai chamá-la de Julia, não vai? – Julia perguntava, enquanto minha cabeça já estava em Paris.

– Claro que ela não vai chamar nossa garotinha de Julia! Como você é oferecida, credo! – disse Mark, iniciando uma grande discussão.

Desliguei rapidamente enquanto eles estavam debatendo o assunto. Entrei em um táxi na porta do consultório em Columbus Circle e corri para casa. Subi e entrei no apartamento, mas nem me preocupei em fazer uma pequena mala. Apenas troquei de roupa, coloquei uma bota e um casaco. Peguei meus documentos, tranquei a porta e saí. Nessa hora lembrei de Ali.

Se eu estivesse com ele, provavelmente teria de levá-lo ao hotelzinho para cães, coisa que ele odeia profundamente. Como será que Brian está se virando com ele durante todas as vezes que precisa sair do país?

Verifiquei meus documentos. Por sorte meu passaporte estava em dia e o médico também já havia me dado autorização para viajar de avião. Eu estava pronta. Às vezes, as pessoas precisam de atitudes extremistas para serem perdoadas. Então, Paris, aí vou eu!

21

Pulei em um táxi na esquina da Rua 68 com a Terceira Avenida rumo ao J.F.K, o aeroporto Internacional de Nova York. Durante quase todo o trajeto até o aeroporto, que durou uns 40 minutos, eu não disse uma palavra, mas percebi que o motorista estava curioso sobre a minha viagem. Também não precisava ser um gênio ou alguém com extrema sensibilidade para ler nas entrelinhas a aflição no meu rosto. Então, quando já estávamos quase na portaria do terminal da AirFrance, o silêncio se rompeu.

– A senhora está bem? Veio buscar alguém? Desculpe perguntar, mas a senhora me pareceu muito preocupada e não disse uma só palavra durante toda a viagem. Não que isso seja estranho, afinal estamos em Nova York. Mesmo assim, a senhora parece muito tensa e, como está grávida, eu... sei lá... apenas quero saber se a senhora está se sentindo bem.

– Eu estou bem. Não vim buscar ninguém. Ou melhor, na verdade estou indo buscar alguém, sim. Mas em outro país – disse, tentando forçar um leve sorriso.

Antídoto

– A senhora me desculpe a intromissão novamente, mas se a senhora vai sair do país, por que não tem uma mala? A senhora esqueceu?
– O senhor tem toda a razão, mas será uma viagem breve. Tenho meu passaporte e meus cartões de crédito, isso é tudo de que preciso para ir buscar alguém em Paris, não é mesmo?
Ele sorriu e disse:
– Eu não sei, nunca fui a Paris na minha vida. Bem que eu gostaria. Mas se a senhora diz que é só do que precisa... boa viagem! A entrada para o balcão da AirFrance é aquela ali.
– Obrigada, pode ficar com o troco – eu disse, enquanto descia do táxi.
– Obrigado! Boa viagem, senhora.
Enquanto o táxi se afastava, fiquei ali parada em frente à porta de vidro automática, que abria e fechava todas as vezes que o sensor percebia a minha presença. Senti minhas pernas congelarem. Não apenas pelo frio que estava fazendo, afinal era inverno em Nova York, mas também porque foi naquele momento, apenas ali em frente ao aeroporto, que me dei conta do que estava prestes a fazer. De repente, meu corpo todo começou a tremer e não era de frio. Passar sete horas em um avião e atravessar o oceano para encontrar o Brian. Chegar à França e me aventurar de táxi por Paris, uma cidade nada familiar para mim, com um povo que tem fama de pouco acolhedor e que fala uma língua estranhíssima, cuja pronúncia depende de um bico constante. E mais, na qual apenas sei dizer *Oui* e *Merci*?
Além de outras coisas que só me ocorreram naquele momento. Eu precisaria encontrar um restaurante em construção e tinha apenas o nome da rua; se eu conseguir encontrar, o que direi ao charmoso proprietário? *"Olha, me desculpe. Passei por um momento de insanidade temporária, espero que me perdoe. E da próxima vez que isso acontecer, por favor, não seja tão bonzinho, me interne em um manicômio. É. É isso mesmo que vou dizer a ele",*

pensei. Algumas perguntas me aterrorizavam, mas a pior delas era: como será que Brian vai reagir a tudo isso? E se ele reagisse muito mal? Afinal de contas, não tiro a razão dele se quiser me rejeitar. Não depois de tudo o que fiz.

A fila para o check-in estava enorme. Muitos idosos e crianças, o que indicava que o voo para Paris, caso eu conseguisse um assento, não seria nada fácil. Mas eu estava disposta. Afinal de contas, nada vem fácil nessa vida, não é mesmo? Por outro lado, o calvário pode ser interessante se levarmos em conta que mereço mesmo algumas punições por ter sido tão estúpida. Nada disso estaria acontecendo se eu não tivesse rejeitado e repelido o Brian daquela maneira desumana. Você já parou para pensar que às vezes nós nos sabotamos de propósito? Nunca entendi isso, mas confesso que sou especialista em enxotar a minha felicidade sempre que ela bate a minha porta! Quando é que vou aprender que ser feliz é bom e não há nada de errado nisso?

Quando finalmente chegou a minha vez, a atendente, como era de se esperar (não se esqueçam, sou hipocondríaca em recuperação e por mais que consiga controlar meus impulsos para tomar remédio, controlar meu pessimismo é uma questão um pouco mais complexa!), começou a fazer hora. Olhava de forma enigmática para a tela do computador, como quem está realizando uma tarefa importantíssima, como a busca pelas impressões digitais de um criminoso procurado pela CIA. Por que será que eles sempre fazem isso quando chega a nossa vez? É uma espécie de recesso. Um pequeno descanso desrespeitoso enquanto a fila fica maior, maior e maior. E nós, passageiros, ficamos um pouco irritados com isso.

– Desculpe... mas posso ir até você? Você está livre? Pode me atender?

– Espere um pouco, senhora – ela disse, enquanto fingia digitar algo com sua lerdeza.

Fui até ela mesmo assim, o que, como você pode imaginar, não causou boa impressão. Mas pouco importa, preciso de uma passagem para Paris e preciso agora.

– Por favor, preciso de uma passagem para Paris e preciso agora mesmo. Sei que tem um voo partindo daqui a pouco e quero estar dentro dele. Você poderia me ajudar? É urgente.

Ela me olhou com profundo desprezo por interromper seu momento preguiça, mas percebeu também que eu estava determinada a conseguir aquela passagem, mesmo que tivesse de agredi-la. Então resolveu colaborar.

– A senhora tem reserva?

– Não, *é claro que não!* – respondi. *Outra coisa que detesto nas atendentes é que elas adoram fazer perguntas com respostas óbvias.*

– A senhora veio ao aeroporto sem reserva de voo?

– Sim! – *Até aqui tudo na mesma; não entendi a dificuldade dela em tomar parte da situação.*

– Vamos ver o que consigo. Primeira classe, executiva ou econômica, senhora?

– Tanto faz. Preciso chegar a Paris.

– Deixe-me ver... a primeira classe custa... 3.800 dólares. A executiva...

O quê? Tudo isso?! Até morrer por amor é mais barato que ir a Paris por amor! Será que alguém poderia dizer às companhias aéreas que nem todos os apaixonados são milionários?

– A executiva custa 2.450 dólares; a classe econômica infelizmente está lotada, senhora.

– Então vou querer a classe executiva, por favor. – *Acho que ela percebeu o desânimo em minha voz, pois disse que ia conversar com um superior para conseguir um desconto. Enfim, ela não parece mais tão antipática e preguiçosa. Acho que mencionar minha gravidez e contar minha história de maneira dramática também ajudou um pouquinho.*

– Senhora, boas notícias! Consegui uma tarifa promocional para executivos em viagens de negócio. Além disso, vou colocá-la bem no meio de uma fileira de poltronas vazias. O voo não vai com a lotação máxima e se a senhora der sorte, viajará sozinha e com maior conforto.

– Isso... isso... foi muito gentil da sua parte. Obrigada.

– Tudo pelo amor. Espero que a senhora consiga descansar durante o voo. Assim chegará bem disposta a Paris e terá forças para fazer o que tem de fazer – ela disse, abrindo um imenso sorriso.

E assim foi. Entrei no avião e, ao contrário da classe econômica completamente lotada, a executiva estava quase vazia. Ao meu lado não havia ninguém, como a atendente havia previsto. Eu e minha filha ocupávamos três poltronas e poderíamos relaxar até a chegada em Paris. Assim eu pensava.

Antes dos avisos para desligar os celulares, afivelar o cinto de segurança, deixar o encosto da poltrona em posição inicial e preparar para a decolagem, eu ainda tinha uma coisa a fazer: ligar para a minha mãe. Liguei para o celular, mas ela não atendeu, então deixei apenas um breve recado. "Mãe, sei que parece loucura, mas estou indo para Paris essa noite. Preciso encontrar o Brian, preciso dizer a ele que o amo e não posso criar nossa filha sozinha. Não fique preocupada, ligo para você de Paris. Eu e sua neta ficaremos bem. Neta, isso mesmo... acabo de descobrir que teremos uma menina. Beijos, nós te amamos."

O jantar no avião foi providencial. Com a correria, esqueci completamente que precisava alimentar minha filha. Quase não comi. Além do café da manhã reforçado, comi apenas uma pera e um copo de iogurte até agora.

O voo foi tranquilo, apesar de uma leve turbulência assim que entramos no continente europeu. O que me remeteu aos pensamentos paranoicos sobre o 737, lembra? Confesso que até chamei a aeromoça só para perguntar se havia mesmo uma mulher no assento 12F e se ao lado dela havia outra mulher com uma criança no colo. Graças a todos os meus santos juntos, a resposta foi negativa. Um casal, voando para Paris em lua de mel, ocupava os assentos 12E e 12F. Fui salva de mais uma crise de ansiedade, taquicardia e hiperventilação. Lembro-me das cenas do filme *Premonição*, mas no filme o garoto teve a tal visão antes de o avião decolar. No meu caso, como eu faria para saltar de um avião comercial sobrevoando a Europa a mais de 3 mil metros de altura? Eu não teria nenhuma chance. Então resolvi relaxar e esperar pelo melhor.

Já no hall do aeroporto Charles de Gaulle, eu, sem bagagem alguma, passei feito um raio pelo guichê do oficial de imigração e corri para o ponto de táxi. Não tinha tempo a perder e era portadora de uma energia inacreditável em razão das circunstâncias.

Corri para o primeiro táxi vazio que vi. Senti os olhares de reprovação vindos de algumas pessoas que formavam uma pequena fila ao lado do ponto de táxi. Mas não me importei. Se existe uma coisa que a gravidez me ensinou é que uma mulher grávida pode ser extremamente egoísta e ainda assim ninguém vai se meter com ela. Então, do auge do exercício da minha gravidez, apenas gritei em inglês que estava grávida e precisava correr para o hospital. A pequena mentira causou certo desconforto, mas colou, e logo eu estava dentro do táxi dando instruções ao motorista — se é que um endereço confuso, falado em língua estrangeira por uma mulher visivelmente alterada, pode ser chamado de instruções.

— Mas a senhora não ia ao hospital? — retrucou ele.

— Meu senhor, estou grávida e não morrendo. Quem falou em hospital? Agora podemos ir atrás do pai da minha filha e rápido, por favor?

Sei que dito dessa maneira parece estranho, mas era isso mesmo: eu estava tentando resgatar o pai da minha filha e não importavam as armas que teria de usar, mentirinhas inocentes, mal-estar inventado, acesso de tosse, manipulação, saia curta, saia justa, vergonha alheia... não me importava o recurso, das santas ou das putas, o objetivo seria alcançado. Sei que você deve estar me achando um monstro agora, mas acredite: se estivesse prestes a perder o pai dos seus filhos, o homem que você ama, também faria a mesma coisa. Portanto não me julgue.

O trânsito não estava ruim, mas também não fluía com a velocidade de uma pista de corrida. Nunca tinha ido a Paris antes, embora fosse um sonho antigo. Assim como muitas garotas, também sonhei com uma noite boêmia em Paris, tomando o melhor vinho da França e cantarolando músicas francesas em algum bar transgressivo da cidade, discutindo questões políticas e fumando sem parar. Nos meus sonhos, eu vestia uma blusinha de malha listrada de vermelho e branco, uma calça de alfaiataria, muito bem cortada, azul-marinho, uma boina preta e um sobretudo. Acessórios Dior, cigarrilhas charmosamente acomodadas em um estojo de prata. A pele fresca, textura macia, descansada e com pouca maquiagem. Em uma das mãos, uma taça de Cabernet Sauvignon do melhor; na outra, um francês lindo.

Minha visão do paraíso está muito distante da realidade que estou vivendo agora. Eu estava usando uma bata de grávida e um casaco enorme, capaz de aquecer três pessoas. Não que estivesse feia. Eu estava bonita, mas ainda assim me sentindo gorda e usando roupas de grávida. Meu rosto redondo não escondia todo o meu cansaço por causa das preocupações dos últimos dias e, consequentemente, as noites maldormidas.

Conforme o carro avançava da periferia para o centro da Cidade Luz, eu ficava anestesiada. Não por algum tipo de droga, mas pela beleza estonteante da cidade. Paris é realmente linda. A arquitetura é maravilhosa, com prédios glamurosos e avenidas largas cortadas por ruas estreitas feitas de paralelepípedos e extremamente charmosas. Algumas avenidas ainda preservam pequenos postes, antes usados para amarrar os cavalos. A cidade é pura história. E a Torre Eiffel? É enorme e mágica! Eu não poderia ter tido melhor imagem de boas-vindas. Emocionada, quase chorei, mas consegui me conter. Precisei lembrar que minhas lágrimas poderiam ser um grande trunfo para convencer o Brian. Ele definitivamente não consegue negar nada a uma mulher chorando. Diabólica, eu? Claro que não! Como disse antes, vou usar todas as armas disponíveis para manter unida a minha família. Quando você tiver a sua – família, quero dizer –, vai entender o que estou fazendo agora.

22

O motorista parou em uma rua estreita, arborizada e muito charmosa perto da Champs-Élysées. A rua era basicamente formada de pequenos prédios e lindos restaurantes, então não foi difícil encontrar o Le Antique. Apesar de nunca ter visto uma única foto da reforma ou da fachada, assim que cheguei, sabia que aquele restaurante era o do Brian. Eu nem precisaria do endereço para encontrar. Aquele restaurante era tão "ele"! Entende? Toda a personalidade dele estava ali naquelas paredes, naquelas cores, na escolha da madeira, nos desenhos da vitrine. Tudo de muito bom gosto e tudo tão Brian. O restaurante já estava quase pronto para a inauguração. Fiquei orgulhosa do trabalho dele. Senti tanto amor por ele naquele momento! Eu já o admirava antes, mas aquilo foi como a confirmação de algo que eu já sabia na teoria. Entendi toda a dedicação, todas as noites em que fiquei sozinha em Manhattan enquanto ele estava em Paris planejando e realizando seu sonho.

Passava um pouco das 9h30 e o local estava aberto. Havia alguns homens retirando entulho e restos de materiais da reforma de dentro do salão enquanto outros entravam com caixas. Alguns montavam pequenas mesas e cadeiras que provavelmente seriam instaladas no jardim nos fundos do prédio. Abordei um rapaz que saía com uma caixa de ferramentas. Mesmo com meu pouco francês, arrisquei. Eu precisava saber se o Brian já estava lá e me preparar um pouco antes de encará-lo.

– *Excusez-moi, M. Brian Marshall c' ici?*
– Não sei, senhora. Não sei qual deles é o Sr. Brian. Mas a senhora pode entrar, tem muita gente trabalhando lá dentro. Alguém pode informar melhor.

Minhas pernas estavam trêmulas e pesadas, mas atravessei o oceano para chegar aqui e não vou desistir na porta do restaurante. Atravessei a porta e desejei ter desistido enquanto ainda havia tempo. A primeira pessoa que enxerguei foi uma mulher linda, mais ou menos 35 anos, magérrima, cabelos escuros, lisos e longos, olhos verdes e com o sorriso mais perfeito que já vi. Ela usava um macacão preto com as mangas drapeadas, um modelo que só ficaria bem em duas pessoas no mundo inteiro: Angelina Jolie e a própria Anabelle. De repente, me senti horrível, gorda e malvestida. "Sinceramente", pensei, "eu poderia ter escolhido melhor a roupa para essa ocasião; afinal, eu estava ali em uma missão extremamente difícil."

– Pois não? Você precisa de alguma coisa? Está procurando alguém? – ela disse, abrindo um sorriso hipnotizante.

Meu Deus, era a Anabelle! A arquiteta maravilhosa, linda e cheia de talentos que o Brian não cansava de elogiar. Aquela que fez parte dos meus pesadelos por muito tempo. Quantas vezes eu fantasiei o que Anabelle e Brian estariam fazendo até tarde da noite naquele lugar. E quando eu fantasiava, eu não fazia ideia de como ela era linda. Agora que sei, estou ficando zonza e não é por causa de uma queda de glicose. De repente, até esqueci o que estou fazendo aqui. Se ela estivesse mesmo interessada nele, eu não teria a menor chance. Talvez antes sim, mas agora... Estou apenas no quarto mês de gravidez e já engordei seis quilos! Meu rosto está redondo como uma panqueca e minha barriga já parece uma melancia gigante e dura com um botão saliente bem no meio. Ai, o que estou fazendo aqui? Estou me sentindo tão humilhada!

Tentei prosseguir, mesmo sem nenhum entusiasmo. Não sabia mais o que dizer a ele, nem se valia a pena tentar. Mas eu não tinha como fugir. A barriga *enorme* me impedia de qualquer saída honrosa. Além do mais, eu devia isso a minha filha.

– O Brian... ele está aqui? – perguntei timidamente. Minha voz era quase inaudível.

– Você é a Amanda? – ela disse imediatamente. Até parecia me reconhecer.

– Sou, sim. Como você sabe? – perguntei com a voz agora quase embargada. Será que eles se divertiam falando de mim? De como a louca hipocondríaca tinha piorado e ainda por cima estava gorda e muito mais insegura depois da gravidez?

– Meu nome é Anabelle e sou a arquiteta responsável pela reforma do restaurante – *ela falou de maneira simpática.* – Brian me falou muito sobre você nesses últimos meses. Contou sobre o filho de vocês e... – *ela parou de falar bruscamente. Estava com medo de falar demais. Ela sabia de tudo. Das brigas, do jeito como eu o tratei. Ela deve me achar uma bruxa, enquanto ela deve ser a namoradinha compreensiva que nem se importa com o fato de ele estar tendo um filho com outra mulher. Ela deve até pensar que isso é conveniente, afinal ela parecia o tipo de mulher que não quer estragar o corpinho lindo tendo um filho.*

Eu, por outro lado, estou fumegando. Como ele pôde fazer isso comigo? Falar da nossa vida e dos detalhes íntimos do nosso relacionamento para a vagabunda com quem está dormindo? Que ódio! Como fui tola de ter vindo até aqui! Lágrimas começaram a brotar no meu rosto, por mais que eu tentasse segurá-las. Que vexame! Que idiota completa eu sou! Estou chorando na frente da mulher que roubou o pai da minha filha! O amor da minha vida!

— Bem... você deve ter vindo até aqui falar com ele, claro.

Enquanto ela falava, eu rezava para que ela não desse atenção às minhas lágrimas. Já era ruim o bastante eu estar chorando discretamente. Mas se ela me perguntasse se eu estava bem, juro que desabaria.

— É. Ele está aqui?

— Ele foi pegar café para nós. O restaurante está quase pronto, mas ainda não podemos usar a cozinha — *disse ela sorrindo. E eu a odiei por isso. Odiei o fato de ser tão simpática.* — Mas ele volta logo, a cafeteria é bem ali na esquina. Você quer se sentar? Deve estar cansada.

Alguém pode me dizer por que todas as mulheres que se interessam pelos nossos homens são ultrassimpáticas, boas e com coração enorme? Eu, por outro lado, só penso em matá-la! Sou uma mulher possuída pela raiva! Queria tanto arrancar os olhos dela com minhas próprias mãos!

— Sim. Obrigada, estou mesmo cansada e faminta. — *Não comia nada havia muito tempo. Desde que fiquei grávida, comer nos horários certos era algo sagrado; se eu não conseguia obedecer aos horários e à disciplina que a gravidez exigia, não me sentia bem.*

— Claro, que cabeça a minha! Vou ligar para ele trazer algo para você também. Os pães desse lugar são incríveis, você vai adorar, tenho certeza... — ela dizia enquanto teclava no celular.

— Não! Por favor, não ligue. Ele não sabe que vim e eu prefiro... enfim...

Enquanto eu falava, percebi que seu olhar se direcionou para a porta bem atrás de mim. Ouvi alguns passos no piso de madeira e me virei lentamente. Era ele. Estava todo sujo de serragem e tinta, como uma criança que recebera da mãe autorização para brincar de pintura com as mãos. Usava jeans surrado, camiseta branca e jaqueta de couro. As botas igualmente sujas lembravam as de um lenhador. Ele estava trabalhando pesado para concretizar o sonho de fazer funcionar aquele lugar. Devo admitir que sempre tive uma queda por trabalhadores braçais. Homens fortes, bíceps rígidos, corpo bem definido... Acordei da minha fantasia quando ele quebrou o silêncio.

– Amanda... – *ele disse, em completa surpresa.* – Você está bem? O que está fazendo aqui?

Fui surpreendida pelas perguntas também. Nem sabia mais o que deveria dizer. Ensaiei na minha mente tantas e tantas vezes, mas não me lembrava mais de nada. Teria de improvisar. Eu estava chateada. Não queria conversar na frente de estranhos, pelo menos estranhos para mim. Como poderia abrir meu coração na frente de Anabelle? Foi aí que notei a presença de outro homem. Alto, cabelos loiros na altura dos ombros com corte italiano, pele branquinha e olhos azuis enormes. Ele me olhava com ansiedade, como se esperasse algo de mim. Mas eu nem o conhecia. Será que Brian havia falado de mim para todo mundo na França?

23

Tive vontade de chorar. Tive vontade de gritar, sair correndo, não dizer nada, ou dizer muitas coisas que ele não gostaria de ouvir. Tive vontade de perguntar desde quando ele está com Anabelle. Se ele estava feliz com ela, se ela era a mulher certa para a vida dele. Todas essas coisas idiotas que nós queremos saber quando somos trocadas por alguém melhor e mais bonita. Todos os detalhes que nos farão sofrer muito mais do que o necessário em uma situação como essa.

– Eu vim porque gostaria de te contar uma coisa. Acho que precisamos conversar e...

– Você não poderia ter ligado? O que há de tão sério que você precisa me dizer pessoalmente?

Espera aí um pouquinho. Até entendo que fui uma megera e estou aqui para me desculpar. Mas estou grávida! Ele precisa mesmo tripudiar em cima de mim? E na frente da amante dele?

A voz de Anabelle ressoou e deu a todos um pouco de clareza, principalmente a mim.

– Amor, acho melhor tomarmos nosso café em outro lugar.

Amor! Ela não pode estar falando sério! A intimidade deles é nesse nível? Morri! Serei humilhada, ofendida e sei lá mais o quê! Ai, meu Deus, me tira dessa confusão. Eu não vou aguentar isso. O que vim fazer aqui? O quê? Eu já estava à beira das lágrimas novamente quando Anabelle pegou os pacotes e o café das mãos do homem alto que estava com o Brian e saiu da sala de mãos dadas com ele. Foi só então que entendi tudo.

— Anabelle não é sua...

— Minha arquiteta. É sim, você já sabia disso. Veio aqui apenas para confirmar? Essa é mais uma das coisas que eu te disse e você claramente não acreditou em mim. Mas precisava vir aqui conferir pessoalmente? Amanda, eu esperava mais de você — ele disse, finalizando com aparente frustração.

— Olha, Brian, eu sei que tenho sido... uma má pessoa. — Saiu. Fiquei aliviada por ter dito isso; esperava compreensão apenas pelo fato de ter admitido, mas não tive.

— É verdade. E? — ele disse secamente.

— E eu gostaria de dizer que sinto muito. Sinto mesmo. Odiei a mim mesma por ter feito o que fiz. Odiei ter tratado você tão mal. Eu deveria ter dado uma chance a você e aos seus sentimentos. Mas isso não significa que não te amo. Eu amo!

— Você me ama? Então por que age como se não amasse?

— Porque... porque... porque eu tenho muito medo. — Comecei a chorar. Não para manipulá-lo, como eu tinha planejado, mas porque tudo aquilo doía demais.

Ao contrário do que pensei, minhas lágrimas, manipuladoras ou não, não surtiram nenhum efeito. Ele não aliviou o sermão por causa disso. Ele estava enfurecido. Dava para ver no rosto dele que não estava feliz com a minha presença. Não entendia o que fiz conosco e talvez não estivesse a fim de me perdoar. E eu nem poderia culpá-lo. A culpa era toda minha.

— Medo de quê? Medo não justifica o que você tem feito conosco, Amanda. Você sabe como tenho sofrido? Faz ideia de que quando não estou trabalhando estou dormindo ou bebendo com amigos para não pensar em você e nem no meu filho? – Tentei interromper para corrigi-lo e dizer que teríamos uma filha, não um filho, mas ele, com um gesto brusco, não me deixou fazê-lo. – Você tem ideia de quantas vezes por semana ligo para a sua mãe para ter notícias suas? – Liga para minha mãe? Mas ela nunca me contou! – Sabe por quê? Porque você não me quer por perto. Agora você vem até aqui e me diz que está com medo? Desculpe, mas não entendo.

– Brian, nunca tive ninguém, além da minha família, que me amasse dessa maneira. Tive muito medo de que você quisesse se casar comigo por causa da gravidez e não porque me ama ou amava. Achei que um dia você iria acordar e perceber que fez uma besteira enorme em sua vida. Casou-se com uma lunática hipocondríaca e cheia de manias apenas por se sentir obrigado a assumir a paternidade de uma criança. E isso eu não queria. Eu não quero.

Silêncio. Mais silêncio e finalmente ele arfou com impaciência.

– Amanda, o que você quer de mim? Eu sei quem você é. Sei que você é maluca, que ama remédios mais do que ama sorvete de baunilha. Sei que não faz isso intencionalmente. Sei que está tentando melhorar. Sei que tem bom coração e que ama as pessoas a sua volta. Sei que seria incapaz de me trair. – Nessa hora tive até vontade de rir, apesar da dramaticidade da situação. Traí-lo? Imagina! Mal posso acreditar que consegui alguém que me ama dessa maneira. Como poderia encontrar outro santo na Terra? Definitivamente um raio não cai duas vezes no mesmo lugar. E, no meu caso, se caísse não seria necessariamente uma questão de falta de sorte, muito pelo contrário. – Sei que tem uma boa família, estruturada e que lhe deu uma ótima formação. Sei que será uma boa mãe e acredito na sua capacidade para cumprir essa missão, mesmo que muitas vezes você faça coisas para abalar a minha fé em você...

Silêncio dramático e cortante... minha ansiedade está em um grau insuportável e meu coração vai sair pela boca a qualquer momento.

– ...mas absolutamente não sei se você é capaz de amar a si mesma. E se você não consegue amar a si mesma, nunca vai conseguir me amar. Nunca vai dar valor ao amor de ninguém, entende? Vai sempre duvidar da sinceridade dos sentimentos que os outros nutrem por você. Simplesmente por não se achar merecedora.

Essa doeu. Em todo esse tempo que passamos juntos e mesmo quando estávamos separados, Brian nunca falou assim comigo. A frieza, a firmeza e a clareza de seus pensamentos me deixaram apavorada. Será que ele me esquecera? Ele não me amava mais? Estava diante de um homem que nem de longe era o meu Brian, carinhoso e amoroso. Devo tê-lo machucado demais.

– Sinto muito. Sei que fiz você sofrer. Sofri muito esse tempo todo longe de você também. Tenho alternado bons momentos e momentos horríveis. Não por conta da gravidez, mas por causa da minha mente insana. Sei que sou doente, Brian, e você sabe que quero muito ficar boa. Serei, sim, uma ótima mãe e se você ainda me quiser... eu...

– O que você veio fazer aqui, Amanda? – ele me cortou secamente.

Não conseguia conter as lágrimas novamente. Normalmente não sou tão emotiva, mesmo em ocasiões estressantes. Sou advogada, lembra? Pressão e estresse são rotina em minha vida. Mas essa coisa de gravidez... me deixa uma maria-mole! Pelo menos dessa vez parece que as lágrimas o comoveram um pouquinho.

– Eu só queria lhe entregar uma coisa – disse enquanto vasculhava minha bolsa.

Com uma das mãos dentro da bolsa, fui retirando cuidadosamente a imagem do ultrassom da nossa filha. No avião eu tive a ideia de escrever no verso da foto: "Você quer se casar com a minha mãe? Eu te amo, papai! Isabella". Estendi o braço para ele e entreguei o papel impresso em um degradê com várias tonalidades de marrom, com os primeiros borrões que mostravam o contorno das feições da nossa filha.

Os olhos de Brian ficaram marejados quase que instantaneamente.

– Você já sabe o sexo? – ele perguntou, virando a foto, e eu nem precisei responder.

Enquanto mordia os lábios e retorcia meus dedos de tanta aflição, ele observava a foto, comovido. Eu não fazia ideia do que esperar. Para ser sincera, depois da nossa conversa, eu já esperava o pior. Lembre-se: o otimismo não é o forte dos nosofóbicos. Porém, como Brian sempre é capaz de fazer, ele me surpreendeu com um grande sorriso e disse:

– É tudo que eu quero. É tudo que eu sempre quis. Eu te amo, Amanda Doida Loeb. Você sabe que sempre te amei e sempre vou te amar.

Foi aí que nos beijamos.

****

Finalmente a felicidade...

Dessa vez, Brian me deu o anel de noivado dentro de um frasco de comprimidos vazio! Foi engraçado.

Nosso casamento está marcado para seis meses depois do nascimento da Isabella. Recuso-me a aparecer em todas as fotos do casamento parecendo um hipopótamo obeso! Eu sei que prometi ser uma pessoa normal, mas não exija tanto de mim. Eu não tenho pensamentos obsessivos há muito tempo, isso já não é ótimo?

A inauguração do Le Antique em Paris foi um sucesso e até fiquei amiga da Anabelle. Ela é realmente incrível e graças a Deus o marido dela também acha. Eles virão a Nova York para o meu casamento com o Brian e trarão os gêmeos de cinco anos para eu conhecer. É, ela é mãe de gêmeos! Com aquele corpinho, quem poderia imaginar?

Minha mãe está radiante, afinal ela nunca tinha imaginado que um dia eu, Amanda Loeb, me tornaria uma mulher casada. O casamento da minha mãe aconteceu quatro meses antes do meu. Foi a bordo de um navio, apenas com a presença da família e poucos amigos e foi maravilhoso! Fiquei tão feliz por ela! Na hora do brinde, ela expressou toda a sua alegria pela chegada do novo membro da nossa família!

Lauren tem sido perfeita comigo. Minha irmã mais nova é uma mulher incrível. Ela está me ensinando tudo sobre bebês e diz que a Isabella será uma criança tão feliz e saudável quanto a Sophia, apesar de eu insistir que ela vive doente e não sei bem o que fazer.

Parece que a vida de todos a minha volta resolveu andar ao mesmo tempo. Julia finalmente conseguiu convencer o Luca a pedi-la em casamento! E você não vai acreditar! Mark largou o namorado para ficar com o Josh! Isso mesmo, o meu chefe Josh! E os dois foram padrinhos do meu casamento!

Preciso dizer algo que nunca pensei que diria um dia... EU ESTOU TÃO FELIZ! Se beliscão não causasse hematomas eu até pediria para você me beliscar! Estou toda boba na minha nova condição de mulher casada! Outro dia até andei ensaiando minha nova assinatura: Amanda L. Marshall. Infantil, eu sei, mas quem pode me culpar por finalmente encontrar a felicidade, abraçá-la e não querer largar?

Agradecimentos

Agradeço a todas as pessoas que colaboraram direta ou indiretamente com esse livro e me inspiraram com suas histórias e seus conselhos. Muito obrigada pela paciência que tiveram comigo quando por algumas (poucas!) vezes incorporei Amanda Loeb e fiquei ligeiramente fora de controle. Entre elas, Mônica Xavier, Luciana Razen, Michele Martins e Christiane Brasileiro.

Em especial, quero agradecer a David M. Forestieri, por ser meu anjo da guarda em Nova York.

Gostaria de demonstrar minha imensa gratidão (de verdade!) a todos os profissionais envolvidos no desenvolvimento deste livro, pois sem eles esse projeto não seria possível. E a toda equipe da Editora Prumo, pelo trabalho maravilhoso e pelo resultado da obra. Parabéns! Vocês foram ótimos.

Finalmente gostaria de agradecer às minhas leitoras e às blogueiras que sempre falam dos meus livros com enorme carinho. Este livro foi escrito para vocês! Divirtam-se!

Muito obrigada de coração! Sou muito feliz por tê-los em minha vida!

Este livro foi composto em fonte Berthold Baskerville e impresso pela Intergraf Ind. Gráfica Ltda. para a Editora Prumo Ltda.